Togashi Rintaro
富樫倫太郎

捜査一課OB

ぼくの愛したオクトパス

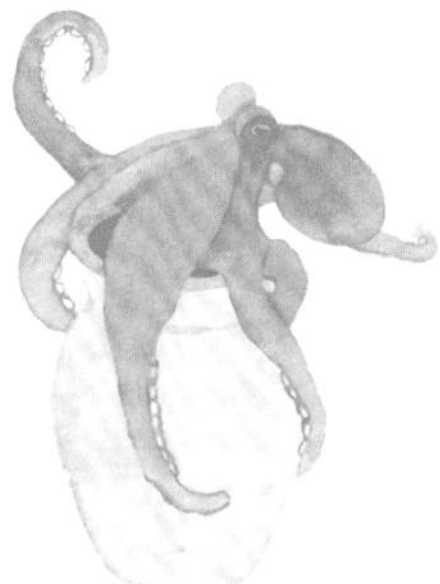

中央公論新社

目次

装幀
坂野公一（welle design）

カバーイラスト
田中海帆

捜査一課ＯＢ　ぼくの愛したオクトパス

プロローグ

おれは北海道のずっと東側、知床《しれとこ》半島のそば、オホーツク海に面した小さな町で生まれた。冬になると流氷がやって来る町だ。

うちは農家で、他の農家と同じようにジャガイモや小麦、テンサイを栽培していた。

物心ついたときには、うちがひどい貧乏だとわかっていた。

中学を卒業したら、地元の高校に進学すると思っていた。高校を卒業すると、卒業生の八割以上が就職する。地元には働き口が少ないので旭川《あさひかわ》や帯広《おびひろ》に出る者が多い。ちょっと遠いが札幌《さっぽろ》に出る者もいる。就職せずに家の手伝いをする者もいないではないが、農業だけで食べていくのは大変なので、冬になると札幌のような大都市に出稼ぎに行くことになる。

生まれ故郷を離れて就職するか、家に残って出稼ぎをするか、ふたつにひとつ、どちらかの道を選ぶことになるのだろうと思っていた。親父もそうだったし、兄貴もそうだったからだ。

だが、そうはならなかった。おれは違った。小学校でも中学校でも成績がよく、中学三年になったとき、担任の先生が家庭訪問に来て、

「昌平《しょうへい》君を進学校に行かせませんか」

と言った。

地元の高校に進ませるのはもったいないから、帯広か旭川の進学校に進ませて、大学に進学するべきだというのだ。努力次第では北海道大学に行けるかもしれないとも言った。

北大と聞いて、親父は腰を抜かしそうになった。ある意味、東大と聞くより驚いたかもしれない。北大といえば、北海道で一番優秀な大学だという頭があったからだ。

おふくろも舞い上がってしまい、すっかりその気になった。冷静だったのは兄貴だけで、

「金がかかるべなあ」

と首を捻《ひね》っていた。

帯広にしろ旭川にしろ、実家から通うことのできる距離ではない。下宿先を探さなければならなかった。

賛成したのはおふくろだけで、兄貴は反対した。親父はどっちつかずだったが、やはり、金がかかることを心配していた。

「昌平は、どうしてえんだ?」

「できるだけ迷惑をかけないようにするから、行かせてほしい」

「迷惑をかけないって、どういう意味だ?」

兄貴に訊《き》かれた。

「アルバイトをして、自分でも稼《かせ》ぐ」

「そこまで言うのなら……」

おふくろが、行かせてやろうよ、長尾《ながお》のうちから初めて北大に行ける子かもしれないんだから、と親父と兄貴を説得してくれた。

最後には親父も賛成してくれた。アルバイトをして稼ぐと言ったのが効いたのだ。

帯広に遠い親戚がいることがわかって、そこに下宿させてもらうことになった。

もちろん、ただではない。下宿代を払った。それでも相場よりは、いくらか安かったはずだ。

その高校では、特別な事情がなければアルバイトが許されない決まりだったが、あっさり許可された。アルバイトをして稼がなければ学校に通うことができなかったからだ。申請書類を出すとき、親父の収入があまりにも少ないことに驚いた。貧しいことは実感していたが、まさか、それほど少ないとは思っていなかった。農業をやっているおかげで自給自足できたから、現金収入が乏しくても何とか暮らすことはできていたものの、そうでなければ生活保護を受けてもおかしくないレベルだった。

朝と夕方、新聞配達をして月に六万円稼ぎ、それを学費や教材費に充《あ》てた。時間がないので部活はやらなかった。

小学校や中学校のときのように、真面目に授業を受ければ、試験でトップクラスの成績を取ることができるというわけにはいかなかった。成績は一〇〇番前後をうろうろし、いいときでも五〇番くらい、不調だと一五〇番くらいに落ちた。がんばらなければ、という焦《あせ》りはあったが、アルバイトが大変で、あまり勉強できなかった。できれば夕刊の配達を辞めたかったが、それでは学費を払えなくなってしまうので続けるしかなかった。

二年になると、国公立を目指すクラスと、私立を目指すクラスに分かれる。

その頃には北大は無理だと自覚していた。科目によって成績にムラがあるので国公立向きではなかったのだ。私立の文化系であれば、かなり偏差値の高い大学を目標にできるが、国公立だと北大よりツーランクかスリーランク落とす必要があった。

おれは私立のクラスを選択した。

実家が遠いという理由で三者面談を断っていたので、親父たちが進路について知ったのは、高校三年の冬、入試まで二ヶ月くらいという最終段階だった。

「東京の私立に行くことにした」

その言葉を、親父、おふくろ、兄貴の三人は、ぽかんとした顔で聞いた。

早稲田、慶應、上智、立教、明治、青山……誰でも知っているような有名私大の名前を挙《あ》げ、どこにでも合格できる力がある、と胸を張った。

三人はしばらく黙り込んでいたが、やがて、

「北大に行くんでなかったの？」

おふくろが遠慮がちに言った。

「おれは国立向きじゃないんだ」

「東京なんか……金は、どうすんだ？」

親父が何より心配していたのは金のことだった。

「大学に入ったら、またアルバイトをするから」

「けど、高校と違って、大学の学費は高いんだべよ。しかも、私立だっていうし……」

「そうだよ。東京は物価も高いんだよ」

「無理でねえかなあ」

親父も兄貴も後ろ向きなことしか言わない。頼みのおふくろも黙りこくっている。

「最初の半年分の学費と生活費だけ出して下さい。その後は、決して迷惑をかけません」

三人の前に手をついて頭を下げた。

「ふんっ、頭がいいってのも困ったもんだな。ただの金食い虫じゃねえか」

兄貴は憎らしいことを言ったが、結果的には兄貴のおかげで、おれは東京に出ることができたのだ。無論、人がいいとか優しいとか、そういう話ではない。純粋に損得勘定である。北大に行かせて四年間学費の面倒を見るより、最初だけお金を出して、そこから先は本人に任せた方が、長い目で見れば安く上がる、と親父とおふくろを納得させてくれたのだ。

実際、その通りだった。

それを裏返して考えれば、自分自身の負担が大きいということになる。

私立大学を六つ受験し、早慶は落ちたが、それ以外の四つには受かった。最も学費の安い大学に進学することにした。

東京のことなど、右も左もわからないうちに、大学生活が始まった途端、自活しなければならなくなった。

高校生のときもアルバイトに追われて、ろくに勉強する時間がなかったが、大学生になると、更に苛酷な状況に追い込まれた。高校時代は月に六万稼ぐだけでよかったが、東京では六万では生活できない。学費の支払いまで考えると、たとえ奨学金をもらったとしても、月に二〇万くらいは自分で稼ぐ必要があった。

居酒屋やコンビニの店員というありがちなアルバイトもしたが、拘束時間や時給、出勤回数など、いろいろな事情があって、ひとつのアルバイトではやっていけなかった。必然的に時給が高く、拘束時間の短いアルバイトを探すことになった。進学塾の講師というのがぴったりだったが、条件のいい職場は競争率も激しく、いくつもの進学塾から不採用通知を受け取った。

杉並《すぎなみ》にある小さな学習塾に採用してもらったのは夏休みの直前だった。時給こそ二二〇〇円とまあまあだったが、それはあくまでも授業時間に対する時給で、残業代も出なかった。授業で使うプリントやテストまで作らされたので、常に三時間くらいは残業せざるを得なかったし、終わらなければアパートに持ち帰って作業したが、それはただ働きなのである。そういう事情を考慮すると、実質的な時給は、九〇〇円くらいだったはずだ。割に合わない上、あまり流行《はや》っている塾ではなく、給料の支払いが遅延することもよくあった。

経営者は人のいい中年男で、同僚も感じのよい連中だったから、ストレスが溜まらず、居心地のいい職場だったし、やり甲斐《がい》もあった。

とは言え、その仕事だけでは食えないので、別の仕事も探したが、どれも長続きしなかった。

スポーツ新聞を読んでいたら、週末だけの送迎ドライバーというのを見付けた。金曜日と土曜日の、夕方六時から翌朝四時までの一〇時間勤務で、時給は一八〇〇円。金曜日だけでも可能だという。日払いというのが大きな魅力だった。

学習塾の勤務パターンは厳密に決まっているわけではなく、こちらの都合を優先してくれる。土曜日は昼から夜まで授業があるが、金曜日なら休むことができる。

早速、応募したら、すぐに採用された。

誰を送迎するのか、何も考えていなかったが、話を聞くとデリヘル嬢の送迎だった。客の自宅やホテルに女の子を送り届け、プレイ中は車で待ち、女の子が出てきたら車に乗せて待機所に連れ帰るという仕事だ。風俗である。

免許は持っていた。

高校を卒業し、大学に入学するまでの間に取得したのだ。そんな気はなかったし、そもそも免許を取るような金もなかったのだが、

「免許さえあれば、いざというときに食いっぱぐれることはないから」

と、おふくろがへそくりを出して教習所に通わせてくれた。

学習塾の講師とデリヘルドライバーというふたつの仕事をかけ持ちすることで、何とか、月に二〇万稼ぐことができるようになった。

もちろん、楽な生活ではない。

いくらがんばっても、まったく余裕が生まれないから、時々、自分でも嫌になった。前途に何の希望もなく、自分が絶望の淵の縁に立っており、今にも底なしの暗闇に転落するのではないか、と震えるときもあった。

二年から三年に進むとき、単位が足りずに留年したのは、生活に追われて大学に通う余裕がなかったからだ。

三年の終わりから就職活動を始めた。

しかし、うまくいかなかった。決して高望みしたわけではないが、まったく手応えがない。留年していることと、成績が今ひとつというのが大きな理由のようだったが、それだけではない。

周りを見回すと、就職活動に備えて、経理の専門学校に通って資格を取る者や、語学に磨きをかけている者も少なくなかった。そうやって自分の価値を高めていくわけだ。自分を売り込む材料が何もないのは、企業から見れば、何の取り柄もない、何の魅力もない学生ということで、つまり、それがおれだった。

春休みに入る直前に道端で倒れ、救急車で病院に運ばれた。ものすごい熱を出し、丸二日間魘《うな》された。疲労とストレスが原因だろうと医者は言った。軽度の栄養失調状態だとも言われた。

思い当たることは、いくらでもある。大学に通い、学習塾とデリヘルの送迎ドライバーをやり、おれはへとへとに疲れ切っていたし、就職活動がうまくいかない焦りと苛立《いらだ》ちが大きなストレスになっていた。

あまりにも金がなく、先行きが不安になって悩み抜いたせいで倒れたのだ。栄養失調になるのも当然だ。年が明けてから、食費を節約するために一日一食という生活を始めたのである。

五日間の入院費用として五万円くらい払った。

この出費は痛かった。民間の医療保険に加入していれば、入院費や治療費をカバーできたはずだが、もちろん、そんな保険には加入していなかった。

アパートに帰っても体のだるさが消えず、二週間ほど寝たり起きたりの生活を続けた。

その間、仕事はできなかったから収入はゼロである。あっという間に貯金が底をついた。

そこまで追い詰められたのは学習塾の給料支払いが滞ったからだ。一〇月に大学の後期分の学費を支払った後、二ヶ月続けて給料が払われなかった。貯金を取り崩してしのぐしかなかったが、長くは持たなかった。

経営者に電話で連絡すると、小さな声で、ぼそぼそと、申し訳ない、本当に申し訳ない、生徒が減ってしまって、家賃を払うのも大変だし、水道代や光熱費すら滞納しているのだ、と弁解する。それが嘘《うそ》だとは思わなかった。同僚の講師たちと、そう長くは持ちそうにないよな、などと噂《うわさ》をしていたからだ。

その経営者は、人柄は悪くないが、経営が下手《へた》だった。素人《しろうと》のおれが傍《はた》から見ていても、商売下手だという感じがしたほどだ。

このままでは借金ばかり増えてどうにもならないから、学習塾を畳んで田舎に帰ろうかと思案している、もちろん、働いてもらった分の給料は払うつもりだから、あと数日だけ待ってくれないか、必ず振り込むから……そう言われて、おれも仕方なく納得した。

金曜日と土曜日の送迎のバイトで食いつなぐしかなかった。体調は悪かったが我慢して続けた。講義にもできる限り、出席した。

他にすることがなかったからだ。

そんなときに大学で沢村翔太《さわむらしょうた》に声をかけられた。同じ学部の学生で、たまに講堂や教室で顔を合わせた。会えば挨拶くらいはするが、別に親しいわけではなかったので、突然、話しかけられて驚いた。

「よう、長尾君だったよな。聞いたぜ、おいしいバイトをしてるらしいじゃないか」

「おいしいバイト？」

「かわいい女の子を送り迎えしてるんだろう？　高いバイト代をもらって、気が向けば、その女の子をいただけるって聞いたぜ」

「馬鹿馬鹿しい」

そう言えば、うちの店の送迎ドライバーに同じ大学の奴がいたような気がする。すぐにいなくなったので忘れていた。たぶん、そいつがしゃべったに違いない。余計なことを言う奴だ、と腹が立った。

そう、この仕事をしていると、女の子に気安く手を出そうとする不届き者がたまにいる。何か勘違いしているのだ。ソープとかヘルスでもそうだが、店の女の子に手出しするのは御法度である。ばれたら、即クビだ。大学の奴をすぐに見なくなったのは、妙な下心を出してクビになったせいかもしれない。

「違うのか？」

「そんなことをしたら、すぐにクビだ。気の荒い店長だと、ぼこぼこにされる」

「何だ、ガセネタだったか。確かに、君の顔を見ていると、そんな楽しい生活を送っている気はしないものな」

「どんな顔だ？」

「目の下に濃い隈《くま》があって、頬骨《ほおぼね》が浮き上がってる。まるで何日も食べてないみたいだ。きついダイエットでもしてるのか？」

「ダイエットはしてないが、食べてないのは本当だ」

「ふうん、じゃあ、学食で何か食べるか？」

「金がない」

「奢《おご》るよ」

「それより、金を貸してくれないか」

「金？　いくら？」

「三万」

「いいよ。貸してやる。その代わりというわけでもないが、どうして君がそんなに飢えているのか、おれに教えてくれないか」

「そんな話を聞いて、どうする？」

「好奇心さ。ほら、三万」

翔太は財布から無造作に一万円札を三枚取り出し、おれの手に押しつけた。

「飯でも食いながら、君の話を聞かせてくれ」

変な奴だと思ったが、どんな奴であろうと、おれに三万円も貸してくれる奴は神さまと同じだ。

おれたちは学食に行った。

定食を食べながら、おれの身の上話をした。何が面白いのか、翔太は真剣な顔で耳を傾《かたむ》けた。

その三万円で急場をしのぎ、養生に努めた。

養生といっても、アパートで寝ていただけだが。

何日か後、目が覚めると、久し振りに気分がよかった。窓を開けて、部屋の中に澱《よど》んでいる重苦しい空気を追い出し、外の空気を取り入れると、心の奥底から気力が湧いてくる気がした。腹が減ったので何か食べようと思い、冷蔵庫を開けると空っぽだ。米もパンもない。カップ麺《めん》やインスタントラーメンすらない。本当に何もなかった。

億劫《おっくう》だが買い物に行こう、と財布を手に取る。あまりにも軽いので中を確かめると紙幣が一枚もない。コンビニのレシートや牛丼屋の割引券が入っているだけだ。小銭入れを開けると、いくらか入っていたが、ほんの数百円に過ぎない。正確に数えれば、三〇〇円くらいかもしれない。

あっという間に翔太から借りた三万円は消えてしまったのだ。

よほど実家に頼ろうかと考えたが、何とか思い止まった。去年の夏、兄貴が交通事故を起こして入院した。かなりの重傷で、今もリハビリを続けている。自損事故だったので、保険金も大した金額は下りなかった。親父とおふくろが苦労しているのは、よくわかっていた。こっちを援助するどころではない。

また翔太に頼むことも考えたが、三万円を返さないうちに新たな借金を申し込んだりしたら、それほど困っているのなら、あの三万円も踏み倒されるかもしれないなどと考え、新たな借金に応じてくれるどころか、すぐに三万円を返してくれ、と言われるかもしれない。それは困る。

他に借金を頼めるような人間はいなかった。

アパートを出て、銀行に向かう。

頼む、頼むから入金されていてくれ、と念じながら残高確認をした。

やはり、進学塾の給料は振り込まれていない。口座は空っぽのままだ。

重い足取りでスーパーに向かう。

すぐ近くにコンビニがあるが、コンビニよりスーパーの方が安いし、見切り品ならば、更に安くなる。小銭しかないのだから少しでも節約して、できるだけ腹が膨れるものを買いたかった。

見切り品のパンとおにぎり、パック入りの牛乳を買った。もっと買いたかったが、金がない。

ふと周りを見回すと、カートを押しながら、肉や野菜、果物を買い物カゴから溢《あふ》れるほどに詰め込んでいる客がたくさんいる。日中の時間帯のせいか、主婦と年寄りが多い。これといって特徴のない平凡な女たち、貧相な顔つきの年寄りたち。なぜ、あいつらは財布の中身を気にすることもなく、ほしいものをほしいだけ買うことができるのだろう、と溜息《ためいき》が出る。

何が悪い？

努力が足りないのか？

だから、何をやってもうまくいかないのか？

人並みに買い物すらできないのは、おれが悪いのか？

バカなのか？

アホだから、間抜けだから、それで人並み以下の生活しかできないのか？

そんなはずはない。

絶対に違うはずだ。

バカじゃない。

アホでもないし、間抜けでもない。

買い物袋をぶら下げてスーパーを出ると、
と声をかけられた。振り返ると翔太がいた。

「おい、長尾」

「生きてたか」

「……」

笑えなかった。アパートで孤独死してもおかしくない状態なのだ。

「相変わらず、ひどい顔をしてるなあ。何を買った？　見てもいいか」

翔太が買い物袋を覗《のぞ》き込む。

「見切り品ばかりじゃないか、金がないのか？」

「ああ、ない」

「金を貸してもいいけど、また同じことの繰り返しになるだけだよな。とりあえず、焼肉でも食いに行かないか。奢るよ」

「なぜ、おれに関わる？　なぜ、親切にする？」

「似ている気がするからさ」

「誰に？」

「おれにだよ」

翔太は、にやりと笑った。

高級な焼肉をごちそうになりながら、おれと翔太は話し込んだ。

「いつまでそんな生活を続けるつもりだ？　他にうまいやり方があるんじゃないのか？　楽ができる道を探すべきじゃないのか？」

「説教はやめてくれ」

「説教してるつもりはない。本当のことを言っているだけだ。世の中のすべての人間が貧しさに苦しんでるわけじゃない。うまくやってる奴らがたくさんいるじゃないか。違うか？」

「そうかもしれないが、じゃあ、どうすればいい？　苦しいことは苦しいけど、何とかやってるわけだし、大学を卒業して、ちゃんとした会社に就職すれば、こんな暮らしも笑い話になるさ」

「ふうん、前向きなんだな。真っ暗闇の世界でもがいてるのに、いつか希望の光が見えてくると信じているわけか」

「それが悪いか？」

「悪くはないが、周りが見えてないな」

「どういう意味だ？」

「おまえ、とっくに落ちこぼれてるんだよ。成績は、いいのか？」

「大してよくない」

「留年もしてるよな？」

「ああ」

「それでちゃんとした会社が採用してくれると思うのか？　雇《やと》ってくれるのは、ブラック企業くらいだぜ。酷使されて過労死か？」

「……」

「希望の光なんか見えるはずがないんだよ」

「おれをバカにしてるのか？」

「違う、全然違う」

翔太が首を振る。

「長尾が悪いわけじゃない。世の中がおかしいんだ。長尾のような優秀な人間がこんなに苦しむのは変だ。真面目に働いても、まともに食うこともできないなんて変だ。何もかも変だ。そう思うだろう？　たかが三万円くらいのことであれこれ思い悩み、見切り品の商品を狙ってスーパーに出かけ、しかも、見切り品さえ好きなだけ買うこともできないというのは、どう考えてもおかしくないか？　世の中には金が溢れている。いくらでも金がある。長尾の手に入らないだけだ。金曜の夜、長尾が車に乗せていく女たちに、客は二時間で八万円の料金を支払う。そう教えてくれたよな、八万だろ？　事務所と女が折半する決まりだから、女たちは二時間で四万円を手にするわけだよな？　一晩に二人から三人の客を取るから、手取りは八万から一二万、日払いで税金もかからない。長尾は時給一八〇〇円で、一晩働いても二万にもならない。楽に稼いだ金を、女たちは何に使う？　長尾のように学費に充てている女はいるか？　親の借金を肩代わりしているような女はいるか？　昼間は会社員として働き、週に何度かバイトして稼いでいるという女ばかりじゃないのか？　昼の給料がそんなに安いのか？　そんなことはない。十分に人並みの生活はできるはずだ。ただ贅沢《ぜいたく》をするほどの余裕はない。そうさ、贅沢をしたいんだよ。そのために体を売る。長尾は、そんな女たちよりもレベルが低いのか？」

「いいや、違う。レベルは低くない。何かが間違っている。空きっ腹を抱え、ポケットには小銭しかない……おれは、そんなみじめな男じゃない。絶対に違う」

「そうだよ、長尾は正しい。何も悪くないんだ。世の中がおかしいんだ。どうだい、世の中を逆手に取ってやろうじゃないか」

「逆手に取るだって？」

「まあ、そう焦るな。ほら、好きなだけ肉を食えよ。もっと注文すればいい。特上ロースでも牛タンでも、好きなものを好きなだけ食えよ。遠慮しなくていい。金なんて、ただの紙切れだよ。簡単に手に入れる方法はいくらでもあるんだからな」

第一部　ソクラテス

一

平成二七（二〇一五）年三月六日（金曜日）

金曜日の深夜。

正確に言えば、すでに午前零時《れい》を過ぎているから土曜日である。

佐野友理奈《さのゆりな》がハイヒールの靴音を響かせながら歩いている。ほとんど人通りもなく、あたりはしんと静まり返っているので、その靴音が大きく聞こえる。

中野《なかの》駅から自宅アパートのある松《まつ》が丘《おか》二丁目に向かっているところだ。アパートまでの道程が遠く感じられる。疲れているときは尚更だ。

できれば電車ではなく、タクシーで帰宅したい。

しかし、職場である六本木《ろっぽんぎ》のキャバクラからタクシーに乗ると五〇〇〇円くらいかかってしまう。売れっ子でもなく、太い客をつかんでいるわけでもない。フリの客についたり、人気のある女の子のヘルプにつくのがほとんどだから、日給は一万五〇〇〇円くらいである。そこから五〇〇〇円のタクシー代など、もったいなくて出せない。太い客をつかまえてアフターに誘ってもらえれば、贅沢な夜食をごちそうしてもらえるし、帰りはタクシー代ももらえるが、そんなおいしい目を見ることはほとんどない。

最終電車に間に合うように店から駅に走り、電車を乗り継いで中野に帰って来る。中野駅からアパートまでタクシーだと五分だが、歩くと二〇分はかかる。歩きづらいハイヒールで二〇分は辛いから、せめて、駅からタクシーに乗ろうかとも考えたが、週末の深夜ということで、タクシー乗り場には長い列ができている。待っている間に二〇分くらい経《た》ってしまいそうだ。タクシー代を惜しむ気持ちもある。

（もうひとがんばりだから）

そう自分を励まして、駅から歩くことにした。

二一歳の友理奈はバツイチの子持ちである。高校を出て半年も経たないうちに結婚したが、結婚相手は甲斐性のないろくでなしで、まともな稼ぎもなかった。ひとつの仕事を続けることができず、ちょっとでも気に入らないことがあると、すぐに辞めた。

仕方なく友理奈も仕事を始めたが、友理奈が稼ぐようになると、夫はヒモに成り下がった。妊娠がわかって、即座に離婚を決意した。子供を産んで育てる覚悟はしたが、夫の面倒まで見るつもりはなかった。

出産前に実家に戻り一年ほどいたが、両親と諍《いさか》いが絶えず、

「もうあんたらには頼らないから」

と捨て台詞《ぜりふ》を残し、子供を連れて家を出た。

その子供も今では一歳半になっている。

住んでいるアパートは店の寮である。

売れている子は寮に住まず、自分で部屋を借りている。寮にいるのは、友理奈と同じようなバツイチやバツニの子持ち女ばかりだ。そう言うと、いかにも疲れた年増女ばかり集まっているようだが、実際には、二五歳以上の女は一人もいない。寮には六人住んでいるが、一番若い女が一八歳で、一番年上の女が二四歳である。

六人が相談し合って休みが重ならないようにし、休みの女が他の女たちの子供を預かるという仕組みができている。深夜まで預かってくれる保育園に預けると、それだけで日給が消えてしまうからだ。

子供を預けるときは五〇〇〇円払う決まりにしてある。せっかくの休みは無駄になるが、二万五〇〇〇円の手取りになるから、誰も文句を言わない。

ありがたい仕組みだと感謝しているものの、日給一万五〇〇〇円の友理奈が毎日五〇〇〇円の保育料を支払うのは容易《ようい》ではない。

そんな生活だから、タクシー代を節約したくなるのは無理からぬことであろう。同じ寮に住む女の子たちとタクシーで相乗りして帰宅できればいいが、週末の金曜日の夜にアフターもなしに、さっさと帰宅するのは友理奈だけだ。

ブランド物で着飾って派手な格好をしているように見えるが、バッグも洋服も中古品である。ネックレスやイヤリングも安物だ。シャネルの時計だけは高級品だが、それは高校三年生のときに援助交際で付き合っていたおっさんがプレゼントしてくれたものだ。身に着けているもので五万以上の価値があるものは、その時計だけである。

中野通りを歩いているときには何の不安も感じない。深夜でも人通りがあるし、車の往来も盛んだからだ。

大下橋《おおしたはし》の交差点を左に曲がり、妙正寺《みょうしょうじ》川に沿って歩く。前方をサラリーマン風の中年男が歩いている。酔っているのか左右に蛇行してふらついている。警戒して距離を置く。

その中年男は曙橋《あけぼのばし》を渡って沼袋《ぬまぶくろ》一丁目方面に歩き去る。そうなると、前後に人影がなくなり、友理奈は独りぼっちだ。心細さを感じないわけではないが、アパートまで、あと三〇〇メートルくらいだ。数分で着く。メールの着信音が聞こえたので、バッグから携帯を取り出す。誰からのメールなのか、それだけを確認する。返信するのは部屋に帰ってからにしようと決める。

遠目にアパートが見える。部屋に明かりがついているのを見ると、ホッとする。

心持ち足を速めると、背後に人の気配がした。振り返ろうとしたとき、背中の右側に鋭《するど》い痛みを感じた。

そのときは、まさかナイフで刺されたとは思わなかった。それがわかったのは、病院のベッドで意識を取り戻してからである。看護師が教えてくれたのだ。そのナイフは友理奈の右の背中から入り、右の肺を貫通した。刺されたのが左側だったら心臓に刺さって即死していたらしい。

友理奈は声を発することもできず、前のめりにばったり倒れる。友理奈を刺した犯人は、バッグだけでなく、友理奈が身に着けているアクセサリー類も奪い取る。それが終わると、素早く友理奈から離れて、どこかに消えた。

（誰か……誰か、助けて……）

強い痛みだけでなく、寒気も感じる。大量に出血しているので急激に体温が低下しているのだ。何とか、携帯に手を伸ばす。いつもはバッグに入れておくのだが、たまたま取り出していたので手に持っていた。その携帯が体の横に落ちている。

必死に一一〇を押す。やがて、

「こちら警察です、どうしましたか……」

「助けて……わたし、死んでしまう……」

そう言うと、何もわからなくなった。

二

六月二七日（土曜日）

助手席に乗っている岩隈久子《いわくまひさこ》が、

「ちょっと波打ち際で休憩しない？　夕陽がきれいだし」

と運転している岩隈賢人《けんと》の顔を見る。

久子は五四歳、息子の賢人は二八歳だ。

「早く帰らないと道路が混むかもしれないよ」

「少しだけでいいんだけどな。船形《ふなかた》漁港の先から、海水浴場の砂浜を堂ノ下《どうのした》の方に、昔、よく歩いたのよ」

「お父さんと？」

「二人でも歩いたけど、賢人が生まれてからは、三人でも歩いたわよ。船形の海水浴場には、あまり観光客が来ないし、水もきれいだったから」

「よく覚えてないな。小学生の頃かな。中学生になってからは平砂浦《へいさうら》とか千倉《ちくら》の海水浴場にばかり行ってた気がする」

「お父さんやお母さんと一緒に行かなくなったからよ」

久子が淋しげに微笑《ほほえ》む。

賢人の父・賢次郎《けんじろう》は一〇年前、四八歳で亡くなった。交通事故である。久子と二人でドライブしているとき、友達の車を無免許で運転していた一八歳の少年の車に衝突された。青信号で直進していた賢次郎の車の右脇腹に制限速度を三〇キロ以上オーバーして突っ込んだ。運転席は大破して賢次郎は即死、助手席の久子も重傷を負った。少年が現場から逃げたのは飲酒していたからだ。半日ほど経って、酔いが覚めてから自首した。

そのとき、賢人は一八歳で東大に入学したばかりだった。その日、両親と行動を共にしていなかったのは、加入したサークルのイベントが行われていたからだ。

賢次郎は千葉県館山《たてやま》市の生まれで、実家は那古《なご》にある。庭からは那古観音が見える。奈良時代に創建されたという古刹《こさつ》である。

亡くなったのが六月下旬だったので、毎年、六月下旬の週末に館山の菩提寺《ぼだいじ》でお経をあげてもらっている。

祖父母が健在なうちは土日の一泊二日で来ていたが、祖父母が亡くなり、賢次郎の兄が実家を継いでからは日帰りするようになっている。

もちろん、泊まっていくように勧められるのだが、久子は気が進まないらしく、賢人の仕事の忙しさを言い訳にして誘いを断るのが常になっている。

賢人は警視庁捜査一課強行犯係に所属する警部である。実際、週末に呼び出されることも多いから、久子の言い訳は、まるっきり嘘というわけではない。二八歳という若さで警部という高い階級にあるのは、賢人がキャリアだからである。警察社会におけるエリートと言っていい。

警察官になるつもりなどなかった。法学部を出て、外資系の金融機関に勤めるつもりだった。能力次第で、いくらでも大金を稼ぐことができることに魅力を感じたからだ。その気持ちが変わったのは、賢次郎の死がきっかけだ。

賢次郎も警察官だったのである。賢人のように東大を出てキャリアになったわけではなく、高卒で、交番勤務からスタートし、四〇を過ぎて警部補になり、捜査一課に配属された。亡くなったときは、何か難しい事件を担当していたと後になって知った。

子供の頃は警察官という仕事が大嫌いだった。何しろ、父親とは顔を合わせることがほとんどない。賢人が起きる前に出勤し、賢人が寝てから帰宅した。捜査が佳境に入ると泊まり込むことも珍しくなかった。土日の出勤など当たり前だった。家族揃《そろ》って出かけたことなど、ほとんど記憶にない。なぜ、家族を犠牲にしてまで仕事に精を出すのか、賢人には理解できなかった。

告別式の朝、弔問客を前にして久子が語った話が賢人の考えを変えた。

「夫は正しいことをしたかっただけなんです。世の中には間違ったことが多い。弱い者が泣き寝入りしたり、力のある者が罪を逃れたりする。そういうことが許せなかったのです。自分の力など微々たるものだとわかっているが、それでも何もしないよりはましだ、といつも話してました。本当は家族ともっと過ごしたい、子供と一緒に遊びたい、それが本音だが、困っている人たち、犯罪被害に遭って泣いている人たちを見ると、とてものんびりなどしていられない……いつもそう話していました。わたしには、すまない、すまない、と頭を下げてばかりいました。その代わり、定年退職したら、家事も手伝うし、二人で旅行にも行く。何でも好きなことをしてやる。だから、それまで我慢してくれ、と頼まれました。わたしは承知しました。夫のしていることは正しいことだし、間違っていないと思ったからです。ですから、これまでの人生に悔いはありません。ただ……ただ、定年退職後の約束を果たしてくれないことが残念でならないだけです」

賢人は警察官になろうと決めた。

賢次郎の遺志を継ぎ、この世で少しでも正しい行いをすることは、金融機関で金儲けをすることより意義があると感じたからだ。

久子は、何事にも前向きに取り組む明るい性格で、そのおかげで家庭には笑いが絶えなかったが、事故以来、まるっきり人が変わってしまった。無口になり、笑顔を見せることが稀《まれ》になった。ほとんど外出もしなくなり、たくさんいた友達とも付き合わなくなった。

江戸川《えどがわ》区の小岩《こいわ》にある家は、賢人が生まれる三年前に新築の建て売りを賢次郎が購入した。交通の便はいいものの、土地面積は狭い。猫の額《ひたい》ほどの庭が申し訳程度についている、こぢんまりとした家である。その小さな家が、賢人と久子の二人暮らしになってから、やけに広く静かに賢人には感じられるようになった。賢次郎が生きていた頃と、亡くなってからの落差があまりにも激しいので、まるで違う家族になってしまったように感じたものだ。慣れるのに何年もかかった。

波打ち際で夕陽を見たいと言われ、

（親父の思い出にひたりたいのかな）

と、賢人は久子の胸中を思い遣り、渋滞に巻き込まれて帰りが遅くなったところで、今日は他に予定もないのだし、別に大した違いはないだろう、そんなことより、久子の希望を叶えてやろうと考え、海岸の方にハンドルを切った。

漁港には人の姿がちらほら見えるが、海水浴場にはまったく人影がない。海水浴場といっても、それほど広くもない砂浜が広がっているだけで、閉鎖された海の家がなければ、そこが海水浴場だとわからないであろう。

海水浴場の先に小さな漁船が何艘《そう》か、浜に引き揚げられて並んでいる。そこに車を停《と》めた。

「ゆっくり夕陽を眺めていいよ」

「ありがとう」

久子が車から降りる。

エンジンを切ると、賢人は携帯を取り出して、メールのチェックを始める。

しばらくして、

「賢人、賢人」

と、久子の声が聞こえ、賢人が携帯から顔を上げる。漁船の向こう側、海のすぐそばで久子が両手を振り回している。

何かあったのか、と賢人は大急ぎで久子のそばに駆けつける。

「どうしたの？」

「あれ、あれ……」

波打ち際に子牛ほどの大きさの岩場がある。それを久子は指差している。

「あの岩がどうかしたの？」

「岩じゃない。そこよ、そこ」

「ん？」

賢人が岩に近付き、いったい何があるのかと凝視する。

（あ）

岩の窪《くぼ》みで何か動いている。

最初は何かわからなかった。その何ものかの体色が岩の色に似ていたからだ。

「タコ？」

そう口にしながら、賢人が首を捻ったのは、タコの体色は全体に赤っぽいという思い込みがあったせいだ。タコが敵の目を欺《あざむ》くために周囲の環境に合わせて擬態するということを、賢人は知らなかった。しかも、その擬態能力はカメレオンよりも優れているのだ。

「このタコがどうかしたの？」

「まだ生きてる」

「そうだね。動いてるから。だけど、変な色のタコだなあ」

「怪我《けが》をしてるでしょう」

「怪我？」

人間と違って、タコの血液は青いということすら賢人は知らなかった。その青い血液がタコの表面を覆って、てらてら光っている。

「よくわからないけど、そうかもしれないね」

「助けないと」

「助ける？　食べるんじゃなくて助けるの？」

「そうよ、助けるの。だって、怪我をしてるんだもの。元気だったら、人間がこんなに近付いたら逃げるはずよ。そこにじっとしてるのは、かなり弱ってるからだと思うわ」

「それなら放っておけばいいんじゃないのかな」

「見殺しにしろっていうの？」

久子が賢人を睨《にら》む。

「だって、どうやって助けるの？　犬や猫なら動物病院に連れて行けばいいだろうけど、これ、タコだぞ。まさか魚屋に連れて行く？　助けるどころか、さばかれて刺身にされちゃいそうだ」

あははは、と賢人は笑うが、久子の顔は強張《こわば》ったままだ。ようやく賢人にも久子が真剣にタコを助けようとしていることがわかった。

「とりあえず、うちに連れて帰りましょう」

「連れて帰るって……。あ、それは、まずい」

「何が？」

「確か、伊勢海老《いせえび》やウニと同じように、タコには漁業権が設定されていて、勝手に獲《と》ってはいけないことになってるはずだよ。許可なしに獲ると密漁したという扱いで処罰されるんだ」

「難しいことを言われてもわからない。わたしは、この子を助けたいだけなのよ。食べるわけじゃないんだから」

「そう言ってもなあ……」

「お父さんのお墓参りの帰りに、死にかけている子を見捨てるって言うの？」

「大袈裟《おおげさ》な……」

「たかがタコだとしても、命の重さに違いはないはずよ」

久子が目に涙を溜めて訴《うった》える。

「わかった……」

賢人が溜息をつく。

「近所の人に訊いてくる。勝手に持って帰るわけにはいかないから。漁師さんがいれば譲ってもらう」

「そうしてちょうだい。わたしは、この子を見てるから」

久子が岩の前にしゃがみ込む。

賢人はその場を離れ、どうしようかとあたりを見回すが、近くに人影はない。面倒だが、漁協に行くべきだろうかと考える。漁港のそばにあるはずだ。とは言え、土曜日の夕方だから、職員がいるかどうかわからない。

近くにある民家を訪ねたが、インターホンを押しても応答がない。家の中に人がいる気配もない。その隣も留守だった。

しばらくうろうろしていたが、

(ええいっ、くそっ)

小走りに車に戻ると、バックドアを開けてバケツを取り出す。洗車道具はいつも車に載《の》せてあるのだ。一五リットル用のバケツだから、それほど大きくはない。タコを入れられるかどうかわからないが、それ以外にタコを運べそうなものがない。

バケツを手にして、岩場に戻る。

「何をしてるの?」

賢人が驚き声を発する。

久子がタコの方に屈《かが》み込んで、表皮を撫《な》でていたからだ。

「がんばるのよって励ましてただけよ」

「触ってたじゃないか」

「ええ、不思議なんだけど、この子、ちゃんとわたしを見てるみたいなの。撫でると安心するみたいよ。目でわかるの」

「錯覚だよ。たまたま、目がお母さんの方に向いているだけさ」

「どうだったの？」

「誰に訊けばいいかわからないし、そもそも誰もいないんだよ。とりあえず、バケツに入れて持って帰ろう。後でばれたら、謝るしかない」

賢人はバケツに半分くらい海水を入れる。

「海藻《かいそう》もお願いよ」

「ああ」

浜辺に打ち上げられている海藻や貝殻、小石なども適当にバケツに入れる。いったい、おれは何をやってるんだ、と気が滅入《めい》るが、まあ、途中でタコが死んだら、うまい刺身が食えるわけだから、それを期待しよう、と自分を励ます。

「このバケツに入るかな」

「大丈夫よ。タコは体が柔らかいんだから」

久子がタコに両手を差し出すと、タコの足が久子の腕に絡みつく。

「心配しなくていいのよ。あなたを助けてあげるからね」

「……」

賢人は呆《あき》れ顔で久子がタコをバケツに入れるのを眺めている。久子が言ったように、タコはすっぽりバケツに収まった。

「じゃあ、帰ろう」

バケツを手に、車に戻る。賢人が荷物入れにバケツを置こうとすると、

「ひっくり返ると困るから、わたしの足許に置くわ」

「そこまでしなくても……」

「そうしたいのよ」

「わかったよ」

言い争っても無駄だと諦《あきら》める。珍しく久子の態度が頑《かたく》ななのである。

すでに夕陽は沈み、あたりは暗くなっている。

三

帰宅してからが、また大変だった。

こんな小さなバケツにいつまでもタコを入れておくわけにはいかないと久子が言い出し、物置から水槽を出すように賢人に命じたのだ。

賢次郎は、金魚や熱帯魚を熱心に飼育していた。中には、かなり高価な金魚や稀少な熱帯魚も

いた。賢次郎の死後、金魚と熱帯魚は業者に引き取ってもらい、水槽などは物置にしまった。そのうち処分すると久子は言っていたが、一〇年経っても残っている。

大きさの違う水槽がいくつかあったが、最も大きな水槽は賢人一人では運ぶことができないほど重いので、一人で運ぶことができる大きさの水槽を選んだ。埃《ほこり》まみれだったので、庭で簡単に清掃してからリビングに運んだ。物置にはエアーポンプや人工海水の素《もと》、水槽に沈める砂も残っていた。

水槽を物置から出して、リビングにセットするのに二時間かかった。

その間、久子はバケツの前に坐《すわ》り込み、何やら、ぶつぶつとタコに話しかけていた。

「お母さん、これでいいかな。タコを移そう」

水槽を水道水で満たし、人工海水の素を入れてかき混ぜながら、賢人が声をかける。

「そうね。お願い」

賢人がバケツを傾けると、滑るようにタコが水槽に落ちる。海藻や貝殻など、バケツに入れていたものも一緒に水槽に入れる。

水槽の底に達すると、タコは体を丸めて蹲《うずくま》る。目を閉じて動かなくなってしまう。

「まだ生きてるのかな」

賢人が言うと、まるでその声が聞こえたかのようにタコが目を開けた。すぐにまた目を閉じる。

「お父さんのおかげね。まさか、こんなガラクタが今になって役に立つとは思わなかったわ。処分しなくてよかったわね」

久子が水槽の前に正座し、じっとタコを見つめる。

「こんな大ごとになって、明日になってタコが死んでたら片付けるのが大変だよ」

家に着くまでに、車の中で死んでくれていたら、こんな面倒なことにはならなかったのに、と賢人は恨《うら》めしげに言う。

「大丈夫よ。この子は、きっと、がんばると思う」

「でも、見るからに弱々しいよな」

何気なく口にして、賢人がハッとする。

（まずい……）

久子の目に涙が滲《にじ》んでいる。今にも泣き出しそうに唇を震わせている。

「どうしよう……。ごはん、何をあげたらいいのかしら。それに傷の手当てをしなくても平気なのかな……」

「おれに言われても」

「真剣に考えてよ」

突然、久子が大きな声を出す。

「とりあえず、この水槽に入れたけど、大きさはこれで十分なのかしら。他に用意するものとかないのかな……。ああ、わからないことばかり」

「普通の人、家でタコなんか飼わないだろうから、タコの飼育法なんて誰も知らないよ」

「そうか。専門家に訊けばいいのね」

久子は賢人を見上げると、

「浄福寺《じょうふくじ》君に訊いて」

「は？」

「年賀状に書いてあったじゃない。浄福寺君、どこかの水産大学の助教になったって」

「よく覚えてるなあ、そんなこと」

浄福寺達也《たつや》は賢人の高校時代の同級生である。親友というわけではないが、年賀状のやり取りをする程度には親しい。同級生のほとんどが偏差値の高い国公立大学や私立大学に進学する中で、なぜか、地方の水産大学に進学した。親や身内に水産関係者がいるわけではなく、実家が水産関係の仕事というわけでもない。そもそも実家は江戸時代から続く寺である。大学を卒業して、そのまま大学院に進んで研究を続け、今は神奈川にある東日本水産大学の助教になっている。ヒトデの研究論文で博士号を取ったと年賀状に書いてあった。普段はまったくの没交渉である。

「ねえ、お願い。電話してみて」

「わかった」

溜息をついて立ち上がると、年賀状を探すために二階の自分の部屋に行く。

「いったい、おれは何をしてるんだ？」

わけがわからないことになったなあ、と首を捻りながら、携帯を操作する。

「はい」

「もしもし、浄福寺か」

「そうですが」

「いきなりで驚くかもしれないが、岩隈賢人だ。高校の同級生」

「ああ、岩隈か。どうしたんだよ、珍しいな？」

「今、ちょっと話せるか？」

「いいよ」

賢人は、ざっと事情を説明する。

説明を聞き終わると、浄福寺達也が吹き出す。

「なあ、これ、何かの悪ふざけなのか？」

「いや、大真面目だ。おふくろがタコを心配して水槽の前に坐り込んでる」

「何だか、浦島太郎みたいだな。タコが、そのうち恩返ししてくれるんじゃないのか」

「おいおい」

「すまん。真面目な話、今夜は何もしないで放っておけ。明日まで持たないようなら何をしても無駄だ。水槽には植木鉢を入れるといいかな。立てて置くのではなく、横に寝かせろ。タコの住《す》み処《か》になる」

「わかった」

「妹のさくらを覚えてるか？」

「うん」

達也の妹・さくらは賢人や達也より五つ年下だから、今は二三歳のはずだ。文化祭に遊びに来たり、体育祭の応援に来たりしたとき何度か会ったことがある。大きな黒めがねをかけ、髪を三つ編みにした垢抜けない女の子だったという印象がある。

「あいつ、去年、大学を出て、今は葛西《かさい》の水族館に勤務してるんだよ。実際の飼育に関しては、おれより、さくらの方が詳しいよ。行く気があるのなら連絡しておく。明日は日曜日だから水族館は忙しいだろうから、行くのなら開館前がいいだろう。九時半が開館だから、八時を過ぎると開館準備に追われて相手をしてもらえなくなる。かなり早く行くことになるぞ。七時過ぎくらいかな。どうする？」

「おふくろが喜ぶと思う」

「もちろん、明日まで生きていれば、ということだけどな」

さくらの携帯の番号も教えておくから、行くことになったら正門のあたりから電話すればいい、と言ってくれた。

「ありがとう。恩に着る」

「いいさ。大したことじゃない」

電話を切り、賢人がリビングに戻る。

達也と電話で話した内容を伝えると、

「そう。今夜は何もできないのね。じゃあ、植木鉢を持ってくるわ」

久子が水槽の前から立ち上がり、庭に出て行く。

賢人は、水槽に顔を近付けてタコを見つめる。

タコはちらりと目を上げるが、すぐに目を伏せてしまう。その仕草がどことなく人間臭い感じがする。

四

六月二八日（日曜日）

賢人、賢人と呼ぶ声がするので、いったい何事か、と賢人はベッドから跳び起きる。寝惚《ねぼ》け眼《まなこ》で階段を駆け下り、リビングに走り込む。

「どうした？」

「がんばってるのよ」

「え、何が？」

「この子に決まってるじゃないの」

久子が水槽を指差す。

「タコか……」

溜息をつきながら、賢人が水槽を覗き込む。植木鉢が気に入ったのか、タコは植木鉢に入り込んでいる。頭だけ出して、目をぎょろぎょろ動かしている。久子と賢人の顔を交互に眺めているような気がするが、いや、そんなはずはない、たまたま、そう見えるだけだろう、と賢人は自分に言い聞かせる。

「まだ六時過ぎじゃないか。こんな朝早く……。もう一眠りするかな」

賢人が欠伸《あくび》をする。

「あら、ダメよ。何を言ってるの。水族館に行って、さくらさんに会うのよ。いろいろ教えてもらいたいことがあるんだから」

「本気かい？」

「なぜ？　本気に決まってるじゃないの。六時半にうちを出ればいいかしら。のんびりしている暇はないわよ。向こうだって、お忙しいだろうから。早く顔を洗ってらっしゃい」

「マジか……」

がっくり肩を落としながら、賢人が洗面所に向かう。


賢人と久子は六時半過ぎに家を出た。総武線で西船橋《にしふなばし》まで行き、そこで武蔵野線に乗り換える。乗り継ぎがよかったので、三〇分そこそこで葛西臨海公園駅に着いた。駅から水族館までは歩いて五分くらいだ。

「うわあ、初めて来たけど、素晴らしいわねえ。近くにこんないいところがあったなんて……。今度またゆっくり来たいわ」

久子が弾《はず》んだ声を出す。

あたり一帯が広々とした公園になっており、公園の中に水族館もある。遠くには海も見える。

正門近くまで来るが、当然ながらまだゲートは閉まっている。開館まで、まだ二時間くらいあるのだ。

「電話してみるよ」

賢人が携帯を取り出し、さくらに電話をかける。

「もしもし、さくらちゃん？　岩隈です」

「あ、岩隈君、お久し振りです。兄から話を聞いてます。どんな様子ですか？」

「まだ生きてる。それで母と二人で、今、正門の前にいるんだけど」

「わかりました。すぐに行きます」

携帯をしまいながら、来てくれるそうだよ、と賢人が久子に言う。

「こんな早い時間から出勤してるのねえ」

「生き物を相手にしてると、そうなるんだろうね。餌《えさ》の時間とか、人間の都合ではなく、生き物に合わせなければならないだろうし」

「大変よねえ。よっぽど魚が好きなのね」

そんな話をしていると、

「お待たせしました」

さくらが息を切らせて走ってくる。

「岩隈君、こんにちは。お母さまですね、浄福寺さくらです」

さくらがぺこりと頭を下げる。

「変わったなあ、と言いたいところだけど、さくらちゃん、昔と全然変わってないなあ」

中学生の頃と同じように三つ編みに大きな黒めがねをかけている。化粧っ気は、まったくない。すでに仕事中らしく、作業着を着て、顔に汗を光らせている。

「お忙しいのに本当にごめんなさいね。だけど、わたしたち素人だから、どうしていいかわからなくて……」

「館山で怪我をしているタコを助けたと兄から聞きました。どんな様子ですか？」

「がんばってるんですよ。ゆうべはかなり弱ってたんですけど、今朝になったら、少し元気になったみたいなんです」

「それはよかったです。怪我をしたとしても、他の動物たちのように治療してやれるわけではないので、自分の力で何とかしてもらうしかないんです」

「水槽に植木鉢を入れたら、その中で寝てますよ。落ち着くのかしら」

「タコは狭い場所が好きなんです。植木鉢とか壺《つぼ》とか大好きなんですよ。小さなタコだとお酒の瓶《びん》に入ったりもしますから。腕が入れば体も入るので、かなり狭い場所にも入ることができるんです。あ、そうだ。タコって、すぐに脱走するので注意して下さいね」

「脱走？」

「いたずら好きというか、隙があると水槽から逃げ出そうとするんですよ。ここでもタコを何匹も飼育していますけど、水槽には頑丈な上蓋を付けています。ほんのちょっとの隙間でも外に出てしまいますから要注意です。岩隈さんのところのタコは、たぶん、今は弱っているから動きが鈍《にぶ》いのでしょうけど、元気になったら、きっと脱走しようとしますよ」

「ふうん、タコって変なことをするんだなあ」

「あのね……ソクラテスよ」

「え、何が？」

「だから、うちにいるタコの名前」

「は？　いつ名前を付けたんだよ」

「ゆうべ、お父さんが夢に出てきてね。あの子は、ソクラテスと呼びなさいって」

「あのタコがギリシアの哲学者か……」

賢人が呆然《ぼうぜん》とする。いくら何でも普通ではない、久子はおかしくなってしまったのではないか、と本気で心配する。

ところが、

「それ、いいですね。タコは『海の賢者』と呼ばれるほど頭がいいんです。ソクラテスなんて、ぴったりですよ。素晴らしい」

さくらが絶賛したので、

（何だ、この二人……）

賢人は、薄気味悪そうにさくらと久子の顔を見比べる。

「そんなに頭がいいの？」

「はい。ものすごく頭がいいんです。記憶力も優れていて、楽しかったことや嫌だったこともちゃんと覚えています。人間の顔も見分けられるんですよ」

「賢人には変だと言われたんですけど、最初に会ったときから、ソクラテスは、わたしをじっと見ている気がしたの」

「それは気のせいじゃないと思います。たぶん、すでにお母さまの顔を認識しているはずです」

「やっぱりね。朝起きたとき、わたしと賢人の顔を交互に見ていたもの……」

それから久子とさくらは、ひとしきりタコ談義で盛り上がった。タコを飼育する上で注意しなければならないことや、どんな餌を与えればいいかをさくらは説明し、それを久子はメモに取る。図書館に行けば、タコに関する専門書もあるはずだから探してみるといいですよ、とアドバイスしてくれた。

最後に二人はメールアドレスを交換した。

「お忙しいでしょうけど、よかったら、ぜひ、うちに遊びにいらして。ソクラテスに会ってほしいの」

「わたしも会ってみたいです。予定を確認して連絡させていただきます」

さくらがにっこり微笑む。

五

七月四日（土曜日）
野方《のがた》署に設置された捜査本部には多くの捜査員が顔を並べている。警視庁の刑事もいれば、野方署や中野署の刑事もいる。いずれも険しい表情だ。

正面の席には誰もいない。野方署の署長や副署長、警視庁捜査一課の課長や理事官、管理官などがまだ入室していないのだ。

三島《みしま》班の六人は壁際の後ろの方に固まって坐っている。

班長の三島秀俊《ひでとし》警部補。四五歳。警視庁捜査一課強行犯係の主任である。一七八センチの長身で、苦み走ったいい男だ。

吉見鉄太郎《よしみてつたろう》巡査長。五八歳。定年退職を再来年に控える捜査一課で最古参の刑事だ。ノンキャリアの叩き上げである。一七四センチで体重が七六キロあり、メタボというほどではないが、やや肥満だ。

田代進《たしろすすむ》巡査長。五七歳。一六五センチで体重が五五キロだから、かなり痩せている。仲間からは「シロさん」と呼ばれ、温厚な人柄を慕われている。鉄太郎と同じくノンキャリアの叩き上げだ。

大岡彰彦《おおおかあきひこ》巡査部長。三五歳。身長が一八三センチ、体重が一一三キロという完全なメタボである。その体型と愛嬌《あいきょう》から「クマさん」と仲間から呼ばれている。汗かきで、いつもハンカチで顔を拭《ふ》いている。捜査本部には冷房が効いているにもかかわらず、顔からだらだら汗を流し、ワイシャツの腋《わき》の下にはべっとりと汗の跡が滲んでいる。大阪で生まれ育ち、大学に入ってから東京で暮らし始めたので、今でも大阪弁を使う。

永川和子《ながかわかずこ》巡査部長。三一歳。一五三センチと小柄で、体つきも華奢《きゃしゃ》だが、男勝りの猛々《たけだけ》しい性格である。気が強いだけでなく、腕っ節も強い。射撃の腕も一流だ。

最後の一人が賢人だ。班内では最も年下で、捜査経験も少ない。警部なので、三島班六人の中で最も階級が高いが、だからといって皆から一目置かれているわけでもなく、指導係の鉄太郎からはパシリ扱いされている。


ドアが乱暴に押し開けられ、警視庁捜査一課の管理官・宇田川富之《うだがわとみゆき》が部屋に入ってくる。私語がやみ、捜査本部に緊張感が走る。

「まだ打ち合わせが長引いている。会議の始まりはもう少し遅れる」

宇田川が言うと、捜査員たちの緊張感が緩《ゆる》む。伸びをしたり、隣に坐っている者と雑談を始めたりする。

「おい、別に休憩しろとは言ってないぞ。手元の資料をよく読んでおけ。その上で、少しでも役に立つ捜査報告をしろ」

不機嫌そうに言い放つと、宇田川は正面のパイプ椅子にどっかりと腰を下ろし、テーブルに載せてある捜査資料を手に取る。

「何かあったんですかね？　いつにも増して機嫌が悪そうに見えますけど」

賢人が鉄太郎に話しかける。

「ポーズだよ、ポーズ。自分はがんばってますってところを見せたいんだろうよ」

ふんっ、と鉄太郎が鼻を鳴らす。

小声だったが、宇田川には聞こえたらしく、顔を上げて、じろりと鉄太郎を睨む。

賢人は慌てて捜査資料に顔を埋めるが、鉄太郎は平然と宇田川を睨み返す。

宇田川が顔を顰《しか》めて目を逸《そ》らす。

「……」

鉄太郎は捜査資料を手に取ろうとはしない。待っている間に、とっくに読んでしまい、内容を頭に入れてあるからだ。

正面にあるホワイトボードに顔を向ける。

そこには、これまでに起こった犯行の日時と場所、被害者の名前などが記されている。別のホワイトボードには大きな地図が貼られ、犯行場所に赤く印がつけられている。

もちろん、それらの情報も鉄太郎の頭の中にインプットされている。新たな情報を得るためにホワイトボードを眺めているのではなく、それらの情報から犯人の意図を汲み取り、今後の行動を予測しようとしているのだ。

中野区の連続強盗傷害事件は、これまでに四件発生している。発生した日時と被害者は次の通りである。

三月六日金曜日深夜　　佐野友理奈　二一歳
四月一〇日金曜日深夜　吉田美紀《よしだみき》　二四歳
五月八日金曜日深夜　　市村早苗《いちむらさなえ》　一九歳

六月五日金曜日深夜　田崎優子《たざきゆうこ》　二七歳

一連の事件が同一犯によるものと断定された理由はいくつかある。

まず、手口がよく似ているということだ。

背後から被害者に忍び寄り、無言で被害者の背中を刃物で刺す。刺すのは背中の右側である。左側を刺して心臓を傷つければ被害者は死に至る可能性が高いが、右側であれば、重傷を負ったとしても死ぬ可能性は低い。実際、これまでの四人の被害者は、いずれも助かっている。そのことから、犯人には被害者を殺害しようという意思はなく、抵抗力を奪うために、わざと心臓ではない方を刺すのではないかと考えられている。

被害者が倒れると、犯人は被害者の持ち物を奪って、素早く逃走する。その間、まったく言葉を発しないという点も一連の事件に共通している。

被害者の容姿も似ている。いずれも飲食店や風俗店に勤務する女性たちで、見た目が派手で、ブランド物の洋服を着ていたり、高級なバッグを持っていたりした。

犯行の手口だけでなく、犯行の日時にも共通点がある。四件の犯行は、月初めの金曜日の深夜に起こっているのだ。

犯行場所はすべて中野区で起こっている。すなわち、中野駅の北側、環七《かんなな》通りの東側、新青梅《しんおうめ》街道の南側という範囲内である。これは野方署の管轄なので捜査本部は野方署に置かれているが、今後、中野署の管轄で事件が起こることも想定して、中野署も捜査に加わっている。

専門家によるプロファイリングも行われており、それによれば、その範囲内に犯人の職場か住居があるのではないかと推測されている。凶悪な事件を起こす犯人というのは、土地勘のない場所で犯行を起こすことは滅多になく、ほとんどの場合、職場か住居の半径五キロ以内で犯行を起こすことが統計学的に明らかになっている。

ただ半径五キロというのは、かなり広く、中野区だけでなく、近接する区も含まれてしまう。しかし、四つの連続した事件が特定の範囲内で起こっていることから、犯人の職場か住居は中野区内にあると推測されている。

犯人像もプロファイリングされている。二〇代から三〇代の独身男性で、身長は一七五センチ前後、体重は六〇キロ前後の痩せ形。収入は安定しておらず、失業中かアルバイト生活、あるいは派遣社員の可能性がある。恋人はおらず、アパートかマンションで一人暮らしをしている……捜査本部が想定しているのは、そんな犯人像だ。

犯行は短時間に素早く行われており、しかも、手際がよいので、これといった物証が何も残されていない。犯行場所をカバーする防犯カメラがないことも偶然ではなく、犯人は防犯カメラのない場所を選んで犯行に及んでいると考えられている。

それらの事実から推《お》して、犯人は冷酷で残忍ではあるものの、決して粗暴ではなく、かなり頭もいい。

証拠らしきものがまったくないわけではない。

四つの事件を起こしたときは、黒っぽいジャンパー、くたびれたジーンズにスニーカーという格好をしていたことが明らかになっている。

五月八日に起こった三番目の事件で、被害者の市村早苗は背中を刺された瞬間、咄嗟《とっさ》に体を左に捻って凶器から逃れようとした。高校生のときに格闘術を学んだ経験があり、初歩的な護身術も身に付けていたので本能的に体が反応したのである。犯人と揉み合いになったものの、最後には腹部を刺され、顔を殴られて昏倒した。その際、市村早苗の爪に犯人のものと思われる皮膚《ひふ》組織が残った。

つまり、ＤＮＡが手に入ったのである。

直《ただ》ちに照合作業が行われたが、警視庁のデータベースには該当者がいなかった。犯歴がないということである。

とは言え、本来であれば、犯人逮捕に繋《つな》がる有力な証拠が手に入ったわけだから、捜査は大きく前進するはずである。

ところが、そうはならなかった。そのＤＮＡが果たして犯人のものなのかという点に疑問が出てきたのである。

市村早苗は、いわゆるデリヘル嬢であり、金銭と引き替えに、面識のない不特定の男性と性行為をすることを生業《なりわい》としていた。

家が裕福ではなく、自分で学費を稼ぐ必要があり、週に何度か風俗のバイトをしていたのである。もちろん、親には内緒だ。

被害に遭った日も、夕方から二人の男性客とホテルで性行為をしている。捜査員が性行為の内容を確認すると、市村早苗の爪に残った皮膚組織が、どちらかの客のものである可能性が出てきた。客の身元を特定することができなかったので、皮膚組織が犯人のものなのか、客のものなのか、判断できないまま謎として残った。

六

野方署の署長と副署長、刑事課の課長、警視庁捜査一課の渋谷《しぶや》正和《まさかず》課長と平子《ひらこ》庸二《ようじ》理事官が入室した。

早速、捜査会議が始まる。

これまでの犯行が月初めの金曜日に行われていることもあり、昨日の七月三日の夜、プロファイリングによって、次の犯行が行われるであろうと予測された範囲に警視庁と野方署の捜査員が大量に動員された。その範囲を大きく三つのブロックに分け、それらのブロックを更に細分化し、担当を決めて深夜から明け方まで巡回するというやり方をした。

三つのブロックは、犯行が起こる可能性が高い順にA、B、Cのランク付けが為《な》され、投入される捜査員の数にも強弱が付けられた。

結果は空振りである。

まず、その反省から会議は始まった。

犯人が最初から犯行を起こす気がなかったのか、それとも捜査員が警戒していることに気付いて犯行を自重したのか、どちらなのか判断できなかったからである。

三つの範囲の統括責任者が順番に立ち上がって、前夜の反省点を述べていく。それに突っ込みを入れていくのが宇田川管理官のやり方だ。

「プロファイリングによれば、Ａのエリアでは、東側よりも、むしろ西側を重点的に巡回するべきだったと思うが、そうしなかった理由を聞きたい」

その後も、

「プロファイリングによれば、Ｂのエリアでは……」

とか、

「プロファイリングによれば、Ｃのエリアでは……」

というように、宇田川は何かというと、プロファイリングを持ち出す。現場主義者ではなく、理論主義者であり、犯罪者の逮捕に必要なことは経験の積み重ねではなく、犯罪理論の追究だと信じている男である。

（バカたれが。プロファイリングってのは水戸黄門の印籠《いんろう》なのか？　プロファイリング、プロファイリングって念仏みたいに唱えやがって……。プロファイリングだけで何でも解決できるのなら警察なんかいらねえっての）

鉄太郎は自分の経験と直感を何よりも信じている。わからないことや曖昧《あいまい》なことがあれば、ひたすら現場を歩き回り、聞き込みをする。足で捜査をするという昔ながらの刑事なのだ。

当然ながら、宇田川からは嫌われている。鉄太郎も宇田川のことが大嫌いだから、お互い様である。

にもかかわらず、所轄に出されることもなく、ずっと捜査一課の、しかも、強行犯係という腕利き揃いの部署にいるのは、鉄太郎の実績がずば抜けているからだ。捜査一課に無能な刑事はいない。誰もが優秀である。その中で実績を積み重ねていけるというのは並大抵の優秀さではないということだ。

統括責任者たちの反省が終わると、署長の訓示が始まる。

（くどいぜ、長いぜ……）

終わったことをあれこれ反省しても仕方がない。昨日は犯人が現れなかったというだけのことだ。誰のせいでもない。もし捜査員の姿を見て犯行を思い止《とど》まったというのなら結構ではないか。これからも月初めの週末には捜査員をうろうろ歩き回らせればいいではないか……そんなことを考えていると眠気が兆してくる。

警察官というのは現場に出ている時間よりも、会議に出席する時間と書類仕事に割《さ》く時間の方がずっと多い。書類仕事は仕方がないとしても、ほとんどの会議は無駄だと鉄太郎は思っている。無能な連中が何の役にも立たないことを、まるで時間潰しのようにだらだらしゃべるだけの場である。長年の熟練と経験によって、鉄太郎は目を開けたまま居眠りする術を身に付けた。正面を向き、目を開けて、話している相手に顔を向けたまま居眠りするのだ。たまにいびきをかいてしまうこともあるが、大抵は気付かれない。

今もそうだ。統括責任者が反省しているあたりから舟を漕ぎ出し、署長の長い話が始まるとすぐに居眠りをした。いびきをかいたら起こせ、と賢人に言い含めてあるから安心して眠ることができる。

「吉見さん」

賢人に肘《ひじ》でつつかれる。

「ん？　やっちまったか」

「いいえ、そうではなく……」

「……」

周囲を見回すと、捜査員たちが荷物を片付けて席を立つところだ。署長の訓示が終わり、それに続く副署長、刑事課の課長、捜査一課の課長、理事官、管理官の話も終わったということだ。たぶん、一時間以上は経っているはずだ。

「おれたちも行くか」

鉄太郎が立ち上がろうとすると、

「わたしたちは、まだです」

「何で？」

「だって……」

賢人が説明しようとしたとき、

「おまえら、真剣にやってるんだろうな？」

宇田川管理官が鉄太郎たちの前にやって来る。腰に両手をあて、胸を反《そ》って、三島班の面々をゆっくりと睥睨《へいげい》する。

「どういう意味でしょうか？」

背筋をピンと伸ばして、班長の三島が訊く。

「この連続事件だけどな、おまえの班だけは三月の最初の事件から投入してるよな？　結果的に被害者は助かったものの、事件発生時はかなりの重傷だったし、命の危険もあったから所轄だけに任せるのもどうかと思って、おれの判断で投入した。そうだよな？」

「はい。そうです」

「殺人事件ではないが、これだけ凶悪な事件が四件も続けば重大事件だ。だから、捜査本部まで設置して大量の捜査員を投入してる。だろ？」

「はい」

「にもかかわらず、犯人は捕まらない。プロファイリングで、きっちり犯人像はできあがってるんだぞ。わかりやすいじゃないか。それなのに四ヶ月も捜査してて、何にもわからないってのは、おかしいだろ？　専従は、おまえの班だけだ。他の班は掛け持ちで、別の事件の捜査もしている。てことは、よりいっそう、おまえたちの責任が重くなるってことだ」

「申し訳ありません」

三島が深々と頭を下げる。田代、大岡、和子、賢人も、三島に倣《なら》う。鉄太郎だけがそっぽを向いている。それが気に入らないらしく、宇田川は鉄太郎を横目で睨みながら、

「ゆうべは空振りだったが、犯人の狙いが来週だという可能性もある。きっちり『プロフォイリ

ング』を頭に叩き込んでだな……」

「ぷっ……」

宇田川が「プロファイリング」を「プロフォイリング」と言い間違えたのを聞いて、思わず吹いてしまう。

「……」

怒りで顔を真っ赤にして、宇田川が鉄太郎を見据える。

三島を始め、他のメンバーたちは顔色が変わっている。それだけでなく、まだ捜査本部に残っている捜査員たちも何事が起こったのかと訝《いぶか》しげに注視している。

「何も反省してないらしいな」

「何のことですか？」

「指示された巡回ルートを無視したそうだな。さっきの報告を聞いてなかったのか？」

「はあ……」

「おまえが無視したルートで女性が襲われていたら、どう責任を取るつもりなんだ、こら」

「仮定の話をしても無駄じゃないんですかね。現実に誰も襲われてないんですから」

「てめえ……」

怒りが激しさをまし、宇田川の顔は、次第にどす黒く染まってくる。

「おれを誰だと思ってる！」

「宇田川管理官じゃないんですかね」

鉄太郎がにやりと笑ったとき、宇田川が机越しに鉄太郎に飛びかかろうとする。三島が素早く立ち上がって、宇田川を押さえる。よくあることなので慣れているのだ。

「管理官、申し訳ありません。吉見には、よく言い聞かせておきますので」

そう言いながら、三島が鉄太郎に目配せする。さっさと出て行け、というのだ。

「さあ、鉄さん、行こうや」

田代が鉄太郎の腕を引っ張る。鉄太郎は意地になって動こうとしない。

「わがまま言ったら困りますがな」

大岡が、どっこらしょ、と大きな体を持ち上げると、田代と一緒になって鉄太郎を引っ張る。大岡の馬鹿力には逆らいようもなく、鉄太郎は捜査本部から引きずり出される。

七

鉄太郎に頭を冷やしてもらうために、田代と大岡が鉄太郎を両脇からがっちりつかんでトイレに連れて行く。トイレで顔でも洗わせるつもりなのであろう。

班長の三島は、鉄太郎の不作法を詫《わ》びるために、宇田川管理官を追った。署長室か応接室にいるはずだ。和子は、一服しようと喫煙できる場所に行っている。

賢人はトイレの外に立っている。万が一、宇田川管理官がやって来て、トイレで鉄太郎と鉢合わせすると大変だから見張っているのだ。

「おう、岩隈」

若い刑事が賢人に話しかける。

「ああ、片岡《かたおか》か」

片岡勝彦《かつひこ》は賢人の同期である。片岡もキャリアで、今は野方署の刑事課に配属されている。

「管理官と捜査員がやり合うなんて、さすが本庁の捜査一課は他と違うんだな。みんな、びっくりしてたよ」

「いやいや、あの人たちが特別なんだよ。普通は、あり得ない」

賢人が首を振る。

「気持ちはわかるよな。いまだに犯人逮捕の目処《めど》が立ってないわけだから。うちもピリピリしてる。ちょっとしたきっかけで今にも爆発しそうさ。すごく雰囲気が悪いんだ」

片岡が声を潜める。

「そうだろうな」

賢人がうなずいたとき、

「おやおや、腕利きのキャリアさんたちが内緒話だぜ」

野方署と中野署のベテラン刑事たちがやって来る。

「頭を使って犯人捜しかよ」

「現場では役に立たないからなあ」

意地の悪い笑い声を上げながら二人の横を通り過ぎる。

「おまえも大変だな」

賢人が片岡を慰める。

「仕方ないさ。何の実績もないんだから」

「同じく」

顔を見合わせて苦笑する。

八

中野駅前の喫茶店に三島がやって来る。すでに三島班のメンバー五人が待っており、コーヒーや紅茶を飲んでいる。ゆうべ徹夜だったので、警視庁には戻らず、今日はこれで解散することになる。店員にコーヒーを注文すると、三島が疲れた表情で椅子に坐る。

「どうでした、管理官?」

田代が訊く。

「いつも通りさ。ひとしきり毒舌を吐いたら、すっきりした顔で本庁に帰った。さっきの件が問題になることはなさそうだ」

「ご苦労さまでした」

店員が運んできたコーヒーを、和子が三島の前に寄せ、黙ってミルクを入れる。砂糖を入れず、ミルクを多めに入れるのが三島の好みなのだ。

「吉見さん、少しは反省してますか？　こんなことが続いたら、班長、倒れてしまいますがな」

　大岡が大阪弁のイントネーションでゆっくり話す。

「おれが何かしたか？　トミカに訊かれたことに答えただけだぞ」

　宇田川管理官の趣味はミニカー収集で、「富之」という名前に引っ掛けて「トミカ」というあだ名が付けられている。もちろん、宇田川本人の前で、そのあだ名を口にする者は捜査一課の大部屋にはいない。

「そんなこと言うて……。『プロファイリング』、笑《わろ》うたやないですか。露骨な挑発ですよ」

「わかりきったことをくどくど言うからだよ。班長、あんなノータリンの言うことを、はいはいっておとなしく聞くことないんですよ。てめえの無能を棚に上げて、こっちを無能扱いしやがる。出世主義者のキャリアってのは、バカばかりだ。昔から何も変わってない。あ……すまんな、岩隈。気に障ったか」

「大丈夫です。気にしないで下さい」

　賢人がにっこり笑う。

「こっちはトミカ、向こうはOB……好き勝手なことを言い合って困ったもんやで」

　大岡が大袈裟に溜息をつく。

「ん？　何だ、OBって？」

　鉄太郎が訊く。

「バカ」

和子が大岡の足を蹴る。

「隠し事か？　気になるだろうが、言え」

「別に大したことやありません」

「じゃあ、隠すことないだろうが」

「……」

メンバーたちが気まずそうに顔を見合わせる。

「おいおい、おれだけ仲間外れってわけか？　岩隈、教えろ」

「え」

賢人の顔が引き攣《つ》る。

「い、いや、ぼくは何も……」

「管理官が言ってるんですよ、吉見はもうOBみたいなもんだって」

溜息をつきながら、和子が言う。

「トミカが？　OBって、どういう意味だよ」

「彼なりの洒落《しゃれ》なんでしょうね。再来年、吉見さんは退職して、警察官のOBになるじゃないですか」

「それで？」

「ゴルフでもOBって言うでしょう？　何て言うか……」

「アウトオブバウンズの略語です。ゴルフ以外でも、バスケットボールやバレーボールでも使う用語ですが、要するに、決められた競技区域からボールが出てしまうことをいいます」

　賢人が説明する。

「吉見さん、いつも平気な顔で管理官の指示を無視するじゃないですか」

「おれはＯＢのボールってわけか？」

「そういうことです。格好良く言えば、アウトローということですけど、平たく言えば、組織からのはみ出し者ということですね」

　和子がうなずく。

「ふうん、ＯＢねえ」

「吉見さん、管理官も大して悪気があるわけじゃないから」

　三島が顔を引き攣らせる。鉄太郎が怒りを爆発させたらどうしようと心配しているのだ。頭に血が上ると、相手が管理官であろうと鉄太郎が平気で食ってかかることを承知しているのである。

「そうだよ、気にするなよ」

　田代も何とか宥《なだ》めようとする。

「心配しなくても大丈夫ですよ。あの管理官にしては、うまいことを言うなあと感心しただけです。もうすぐ、おれがＯＢになるのは本当のことだしね」

　鉄太郎がにやりと笑う。

九

喫茶店の前で解散した。

三島は野方署に戻ると言うので、中野駅に向かったのは鉄太郎、田代、大岡、和子、賢人の五人である。

大岡と和子は東西線、鉄太郎と田代、賢人は中央線なので改札を通ったところで別れる。

「あの二人、何だか怪しくないか？」

鉄太郎が、ふふふっと笑う。

「クマさんと和子が？」

「たぶん、できてるぜ」

「ないだろう。クマさんの奥さん、臨月だぞ」

「だからだよ。飢えてんのさ。そうでなけりゃあ、和子みたいな気の強い女を抱こうなんて思わないだろう。とは言え、見た目は悪くないし、おっぱいも大きい。立派な女だ」

「おいおい」

田代が周りの目を気にする。鉄太郎は声が大きいのだ。

「岩隈、どう思う？」

鉄太郎が賢人に訊く。

「そんなこと考えたこともないので、ぼくにはわかりません」

「うまいこと言って逃げやがって」

鉄太郎が賢人の脇腹を肘でつく。

「じゃあ、ここで」

田代が片手を上げる。

鉄太郎のマンションは高円寺《こうえんじ》、田代の自宅は池袋《いけぶくろ》、賢人の自宅は小岩だから、鉄太郎とは方向が逆である。

「真っ直《ま》ぐ《す》、ご帰宅かい？　何だか目が冴えちまったよ。どこかで一杯やらないか」

「まだ朝だよ」

「何を言ってるんだよ。今日は土曜日だぜ。ウインズの近くなら、朝から飲み屋もやってるよ」

「ああ、そうか。じゃあ、新宿に行くかい？　鉄さんには逆方向になるけど」

「構うもんか。決まりだ」

鉄太郎は賢人に顔を向けると、

「来るよな？」

「は、はい」

反射的に賢人がうなずく。断ることができるような雰囲気ではない。

一〇

　新宿のウインズは駅の南口を出て、徒歩で数分のところにある。改札を出たあたりから、競馬新聞を手にした男たちがウインズに向かって、ぞろぞろ歩いて行く。ほとんど男性で、しかも、中年か老人である。若者は少ない。スーツ姿の鉄太郎たちは、かなり浮いている。

　その男たちに混じって三人はウインズ方面に向かう。

「あそこにするか」

「任せるよ」

　目に付いた飲み屋に入る。カウンターに八席、四人掛けのテーブルがふたつという小さな店である。幸い、テーブル席がひとつ空いていた。

　おっさんたちが、テーブルやカウンターに競馬新聞を広げ、ビールやホッピーを飲みながら、大きな声でレースの予想をしている。

　鉄太郎と田代、賢人はテーブル席に着くと、瓶ビールを二本とエダマメ、冷や奴、刺身の盛り合わせを頼む。

「お疲れさん」

「乾杯」

「お疲れさまです」

グラスを軽く打ち合わせてビールを飲む。

「あ〜っ、うまいなあ。朝っぱらから飲むビールは体に染み渡るわ」

「疲れが溶けるみたいだ。この年齢になると、さすがに徹夜はきつい」

「そうですね」

鉄太郎と田代はひと息でグラスを空けたが、賢人だけは、ちびちび飲んでいる。それほど飲める方ではないのだ。

「どうぞ」

賢人が鉄太郎と田代のグラスにビールを注《つ》ぎ足す。

「来週も徹夜か。辛いなあ」

田代が溜息をつく。

「そう言うなよ。仕事の話はやめようぜ。トミカの胸くそ悪い面がちらちらしやがる」

「鉄さんが一番嫌いなタイプだからね」

ふふふっ、と田代が笑う。

「理屈ばかりこねて何もできない奴だよ。頭でっかちのバカ。自分の出世のことしか頭にない」

「その通りだから、何も付け足すことはないや」

エダマメをつまみながら、田代がうなずく。

他に人がいるとき、田代は敬語で話すが、仲間内だけのときは、くだけた物言いをする。鉄太郎と年齢はひとつ違うものの、先輩後輩という関係ではなく、気心の知れた友達なのである。

もちろん、賢人は常に敬語である。三人の中で階級は最も上だが、警察社会では階級以上に入庁した年次がモノを言う。体育会系のピラミッド社会なのである。

鉄太郎と田代は宇田川管理官の悪口を言って大笑いしているが、さすがに、この話題に口を挟むことを賢人は慎《つつし》んだ。

賢人にとってありがたいことに、瓶ビールを四本空ける頃、話題が変わった。

「ちゃんと考えてるか、セカンドライフ」

鉄太郎が田代に訊く。

「いや、全然」

田代が首を振る。

「定年退職してからのことなんか何も想像できねえや」

「あっという間だぞ。もう三年もないじゃないか。おれだって、もう定年まで二年を切ってるからな。人生の前半戦は必ずしも自分の好きなことができるわけじゃない。おれも仕方なく勤めていた部分もある。家族もいるし、好き勝手はできないからな。だけど、人生の後半戦くらい好きなことをやらないと、何のために生きているのかわからない」

「いろいろ考えてはいるんだけど、好きなことといっても将棋と釣りくらいなんだよなあ」

「将棋が好きだからってプロの将棋指しにはなれないだろうし、釣りが好きだからって漁師になるのも大変だ。重労働だからな」

「おっしゃる通りだよ。たまに海や川に行くから楽しいのであって、所詮は趣味に過ぎない。人生を左右するほどのものではないし、それで食っていくこともできないからな」

「奥さんは、どう言ってる？」

「何も……あまり話をしないんで」

田代の表情が暗くなる。

「まあ、時間があるんだから、ゆっくり考えて奥さんと話し合えばいいさ」

慰めるように言うと、瓶ビールをもう一本頼み、田代に注いでやる。

「お、岩隈、さっきから全然飲んでないじゃないか。飲めよ。もうオフだぞ。誰にも遠慮はいらないんだ」

「別に遠慮しているわけでは……」

「うるせえ、飲め、飲め」

鉄太郎が賢人のグラスにビールを注ぐ。

「鉄さんが羨ましいよ。地に足がついているっていうか、ちゃんと先を見据えて計画を立ててるんだからな」

「そうでもないさ」

「畑仕事をしてる姿なんて、失礼ながら、あまり想像できないけどね」

「昔から土いじりは好きなんだよ。じいさんが小さな農場を持っていて、小さい頃は、畑仕事を手伝うのが楽しみだった」

鉄太郎がうまそうにビールを飲む。

「じいさんが亡くなったとき、親族が相談して農場を手放してしまったんだが、すごく残念だった。仕事にばかり夢中になっていると、退職してから何をしていいかわからなくて途方に暮れる……そんな話を先輩たちから聞かされていたから、定年になったらどうしようと自分なりに思案を重ねてきた。やっぱり、やりたいことをやるのが幸せなんじゃないかと思って、じゃあ、おれは何がやりたいんだと考えたら……」

「自分の農場を持って田舎暮らしをやりたい……そういうことだったわけかい？」

この話自体は、もう何度も聞かされている。

元々、鉄太郎はくどい性格だが、酔っ払うと、そのくどさが更にひどくなる。班の飲み会でも自分の言いたいことばかり延々と話す。特に定年退職まで残すところ三年となった去年あたりから、やたらにセカンドライフについて語り出すようになっている。若い大岡や和子、賢人は辟易《へきえき》しているが、田代は、鉄太郎の夢語りを聞くのが嫌ではない。自分自身、定年後の人生を真剣に考えなければならない年齢だからであろう。

「そうだ。じいさんがやっていたような農場を自分でもやりたい、と思い至った」

鉄太郎がうなずく。カウンター越しに店の親父に追加のビールとお新香の盛り合わせを注文する。すでに顔がかなり赤くなっている。

「口で言うのは簡単だけど、実際にやるのは大変そうだよなあ。資金の問題もあるし、家族の理解だって必要じゃないか。一人で田舎に行くわけじゃないんだし」

なあ、岩隈、と田代が賢人に水を向ける。田代の顔もかなり赤くなっている。

「はい、大変だと思います」

賢人がうなずく。

「金の問題は大切だな。マンションを売って、それでも足りなければ退職金を充てることになるが、虎の子の退職金だから失敗はできない」

「そうだね。退職金は老後の命綱だ」

「土地ってのは、結局、都会から離れるにつれて、つまり、いろいろな点で不便になるにつれて値段が安くなるんだよ。高速道路や駅からどれくらい離れているか、近くにスーパーマーケットやコンビニはあるか、病院や学校はあるか、そういうことで値段が違ってくる。いくら安くても、ライフラインも整備されてないような人里離れた山奥で暮らすことはできない。実際、水道も電気もガスも来てない、携帯の電波が来てないどころか固定電話も繋がらない……そんな土地が平気で売られているよ。要は、どこで妥協するかってことなんだよ。うちには小さな子供はいないから近くに学校がなくてもいいし、おれも女房も車を運転するから、少しくらい駅から遠くても構わない。でも、これから年を取って老いぼれていくわけだから病院は近い方が安心だ。どうしても必要なものと、それほど必要でないものを分けて、予算と相談しながら、こっちの要望に合う土地を探すわけだな」

「その口振りだと、もう具体的に土地を探してるみたいだね？」

「あちこち行ってるよ。さすがに都内では無理だから、東京近辺の県だな。いろいろ回って、今は千葉に絞って探してるんだ」

「千葉のどのあたり？」

「八街《やちまた》、佐倉《さくら》、富里《とみさと》、印西《いんざい》、成田《なりた》というところかな。成田だと、土地は安く買えるが、ちょっと都内から遠いのが難点だな」

「いいなあ、引退して農場生活だなんてロマンがある。夢物語みたいだ……いや、違うな。夢物語なんかじゃない。思いつきで行動するのではなく、時間をかけて計画を立て、計画の実現に向けて着実に努力してきた。しっかりと地に足がついている」

「誉めすぎだよ」

鉄太郎が苦笑いする。

「素晴らしいと思います」

賢人が生真面目な表情でうなずく。

「シロさんも今から計画を作ればいいさ」

「うちは無理だな」

「何で？」

「女房も息子も娘も、おれがいない生活に慣れてるからね。家の中に家族それぞれの縄張りがあって、おれだけ縄張りがないって言えばいいか、おれのいない家庭ができあがってるみたいな感じでね。鉄さんみたいに、みんなで田舎に行くぞ、これから新しい生活を始めるぞ、なんて言い出したら、勝手に一人で行ってくれと言われるよ。最近、熟年離婚が流行ってるらしいじゃないですか。定年退職した亭主がずっと家にいることに耐えられなくなって、女房の方から離婚を切り出すらしい。迂闊《うかつ》なことを口にすると、おれも家から追い出されるだろうな」

田代が真剣な顔で言う。

「大丈夫だって。心配しすぎだよ」

「どうやって奥さんを説得したの？　田舎に別荘を買って優雅に暮らすのとは違う。農場を始めるわけでしょう。今までとまるっきり違うことをするんだからハードルが高いはずだ。今の生活を捨てることになるわけだし……」

「説得と言うほど大袈裟なことはしてないよ。休みの日に土地探しに付き合わせて、車に乗っているときに、おれのやりたいことを聞かせただけさ。別に反対もしてないから、たぶん、賛成なんだろうよ」

「以心伝心か。羨ましいなあ」

田代が溜息をつく。

「……」

鉄太郎が自分の夢を語れば語るほど田代が落ち込んでいくという妙な展開になってしまい、ビールの量は増えているが、さっぱり酔いが回らない。

なぜ、これほど田代が妻や子供たちとの関係で悩むのか、鉄太郎には理解できない。自分には、そんな経験がないからだ。

「まあ、飲めよ」

田代のグラスにビールを注ぎ足してやる。

「ありがとう」

眉間に小皺《こじわ》を寄せ、田代が渋い顔でビールを飲む。

「おまえは、どうだ？　将来のことを考えてるか」

鉄太郎が賢人に訊く。

「いや、まだ全然です」

「若くてキャリアだぜ。おれたちとは違うさ」

田代が苦笑いをする。

「学歴や階級だけで人生が決まるわけじゃないさ。金があれば幸せになれるってものでもないだろう？　人生ってのは、そう単純じゃないんだ。おまえ、彼女、いるのか？」

「いません」

賢人が首を振る。

「何で？」

「そう言われても……。自分でもわかりませんが」

「まさか女嫌いなのか？」

「そうではありませんが……」

「最近、どんな出会いがあった？」

「ありませんよ」

「何もないってことはないだろう。何かしら、あるだろう。どんな女と出会った？　仕事関連はなしだぞ」

「そう言われても……」

「何かあるだろうが」

「水族館に勤めている女の子と会いましたが、色恋沙汰ではありません」

「じゃあ、何だ？」

「タコです」

「タコ？」

「母がタコを拾いまして……」

ソクラテスを家で飼うことになった顚末《てんまつ》を賢人が語る。いきなり、鉄太郎が、うわははは っ、と大笑いを始める。

「それ、本当の話か？」

「本当です」

「キャリアが頭がいいのは知っているが、頭がよすぎるとバカになるんだな。聞いたか、シロさん、彼女がいないと家でタコを飼うらしいぜ」

「あり得んなあ」

田代も顔を真っ赤にして笑う。

「よし、この事件を解決したら、おまえの家でタコ焼きパーティーをするぞ。何といった、そのタコの名前？」

「ソクラテスですが」

「そいつを食ってやる」

わははは、と鉄太郎と田代が大笑いする。あまりにも大きな声で笑うので、周りの客たちが怪訝《けげん》な顔で眺めるほどだ。

（ああ、余計なことを言わなければよかった……）

賢人が溜息をつく。後の祭りである。

二

昼過ぎに鉄太郎が帰宅すると、のそのそとアップルが玄関に迎えに出て来る。アップルは雄のフレンチブルドッグだ。一〇年前、娘の美津希《みつき》が高校に合格したとき、そのお祝いということでペットショップで買ったから、今は一一歳である。全身が真っ白で、いつも自信なさそうな顔でうつむいている。その姿が妙に人間臭い。鉄太郎を見上げて、ふんふんっと鼻を鳴らすと、廊下にごろりとひっくり返って腹を見せる。

「よしよし」

ひとしきり腹を愛撫《あいぶ》してやる。

玄関からリビングまで五メートルほど廊下が続いている。鉄太郎が歩き出すと、アップルも起き上がって、後ろからついてくる。

妻の響子《きょうこ》がソファに坐り、ポテトチップの大袋を抱えながらテレビドラマを観ている。身長一六〇センチ、体重六一キロ。五三歳。ぽっちゃり体型の平凡なおばちゃんという感じである。結婚してから、ずっと専業主婦で、パートもしたことがない。妻は家庭を守れ、というのが鉄太郎の考えで、妻が外で仕事をするのを許さなかったのだ。

響子はドラマが好きで、民放各社のドラマを録画して、暇があるとせっせと観ている。

響子の横にルビーが寝転んでいる。

ルビーは雌のマルチーズだ。美津希が大学を卒業したときに買ったから、今は四歳だ。どういうわけか、ルビーは鉄太郎には、まったく懐かない。響子にべったりだ。気が強く、いつもアップルに威張っている。体重も体の大きさもルビーはアップルの半分くらいなのに、ルビーが吠えると、アップルはこそこそとどこかに隠れてしまう。

「ごはんにしますか？　それとも、お風呂？　徹夜明けだから、今日はうちにいるんでしょう？」

矢継ぎ早に質問しながら、響子が腰を上げる。

「飯は食ってきた。まず、お茶をくれ。風呂は、その後でいい」

上着を脱いでソファの背にかけ、ネクタイを緩める。

響子がお茶を用意している間に、鉄太郎はソファに坐り、勝手にチャンネルをニュースに切り替える。

響子は、さすがにムッとする。

しかし、何か言えば、途端に臍《へそ》を曲げ、

「くだらないドラマばかり観るな」

と怒鳴《どな》るに決まっている。

何度となく経験したシチュエーションなのだ。

不毛な言い争いをするのが嫌だから、響子は黙って鉄太郎の前に湯飲みを置く。自分もソファに坐り、雑誌を手に取る。ニュースなど観たくないからだ。ルビーが響子のそばに移動し、アップルは鉄太郎の足許に蹲る。

「田代や岩隈と飲んできた」

「こんな時間に？」

「神経が昂《たかぶ》って目が冴えちまってな。新宿のウインズの近くで少し飲んだ」

「嫌だわ、朝からお酒を飲むなんて」

響子が顔を顰める。

「ふんっ、酒を飲みながら馬券を買ってるおっさんがたくさんいたぜ」

「……」

「田代の奴、おれが羨ましいそうだ」

「何が羨ましいの？」

「定年後に何をするか、それがはっきりしているからだろうな。今の時代、六〇で隠居というのは早すぎるから、再就職するのが当たり前だ。刑事なんか潰しがきかないから、警備会社に勤めたり、マンションの管理人になったりする人間が多いらしい。もちろん、幹部クラスになれば、もっといいところに再就職できるんだろうが、所詮、給料が多いか少ないかの違いだ。やりたいことをするわけじゃない。選《え》り好みする余裕なんかないから、仕方なく働くんだ。その点、おれは違う。田舎に引っ込んで農場を始めるんだからな。自分で、そう決めたんだ」

「……」

　響子は浮かない表情で黙っている。それを鉄太郎が気にするわけでもない。響子と会話したいのではなく、自分の夢を語りたいだけなのだ。

「よし、風呂に入るか」

　湯飲みをテーブルに置いて立ち上がる。

「明日は八時に出るぞ」

「え」

　驚いたように響子が声を上げる。

　すでに鉄太郎はリビングを出て、バスルームに向かっている。響子も廊下に出て、

「どういうことですか？」

「何が？」

「明日の八時に出るって……」

「千葉によさそうな物件がある。いろいろ見て回って、少しは目が肥えてきたような気がするが、その目から見て、これはよさそうだと直感できる。まあ、実際には見ていないが、善は急げだ。誰かに先を越されるのは嫌だからな」

「急にそんなことを言われても……」

響子が戸惑い顔になる。

「昨日は、うちにいなかったんだから仕方ないだろう。もう担当者に連絡して、明日、物件を見せてもらうことになっている。何か用でもあったか？」

「テニスの約束があるんです。今月は、わたしがお当番だから、ボールの用意とか支払いとかいろいろと……」

「たかが遊びだろ」

鉄太郎がぴしゃりと言う。

「……」

響子が両目を大きく見開き、驚いたように鉄太郎を見つめる。

「おれたちの将来がかかっていることと、おまえの遊びを同じレベルで考えるな。そんな当たり前のこともわからないのか、馬鹿者」

下着を脱衣籠に向けて放り投げると、鉄太郎が浴室に入る。

「そうですか。たかが遊びですか、わたしは馬鹿者ですか……」

脱衣籠に入らず、床に落ちている下着を拾い上げながら、響子がつぶやく。怒りで顔が火照《ほて》り、眉間に小皺が寄っている。

浴室では、鉄太郎が古い歌謡曲を機嫌よさそうに口ずさんでいる。

一二

賢人が帰宅すると、玄関に見慣れない運動靴が三足並んでいた。リビングから物音が聞こえ、人の気配もする。何事だ、と賢人が首を捻りながらリビングに入る。グレーの作業服を着た男たちが三人いる。

「あら、賢人、お帰りなさい」

リビングの隅に立っている久子が声をかける。

「何をしてるんだ？」

「見ればわかるでしょう。水槽を設置してもらったのよ。ちょうど終わったところ」

「……」

ソクラテスの水槽が替わっている。賢人が一人では物置から運び出すことのできなかった大きな水槽が置いてある。それまで置いてあった水槽の二倍以上の大きさだ。物置では、埃にまみれて汚れていたが、まるで新品のようにぴかぴかに光っている。

「他に何かありますか？」

作業員が久子に訊く。

「それで結構よ。どうもありがとう」

「じゃあ、これで失礼します。請求書は郵送させていただきますので」

「ご苦労さま」

久子が作業員たちを玄関で見送る。

「どういうことなんだよ？」

リビングに戻ってきた久子に賢人が訊く。

「便利屋さんに頼んで物置から水槽を出してもらったの。掃除もしてくれたのよ。前の水槽に入れてあったものも、きちんと移し替えてくれたわ。水槽が大きくなった分、砂や石、海藻も増やさなければいけないけど、そういうものも、こっちの指示通りに配置してくれた。まさに『便利屋』さんね。頼んだことは何でもやってくれるんだもの。すごいと思わない？　さくらさんに忠告されたから、ちゃんと水槽に上蓋も付けたのよ。ほら、隙間がないでしょう？」

久子が自慢気に言う。

「上蓋も作ってくれたの？」

「そうなの。本当にすごい人たちだと思う」

「で、いくらかかったの？　請求書を送ると言ってたけど」

「最初におおよその見積もりをしてもらったけど、たぶん、六万円くらいだと思うわ」

「は？　六万？　たかが水槽を運んで掃除しただけなのに？」

「たかが、じゃないわよ。口で言うほど簡単なことじゃないんだから。三人も来てくれて、手間暇を考えたら安いくらいだわ」

「それにしたって六万円も……。おれがやったのに」

「賢人は口だけだもの。やるやるって、何もしてくれないじゃない。そういうところは、お父さん、そっくりよ。仕事が忙しいんだろうから、こっちも無理は言いたくないけどね」

「そんなに一生懸命になって、すぐに死んだら、どうするんだよ」

何気なく賢人が口にする。

「……」

久子の顔色が変わる。

（まずい）

と慌てるが、もう遅い。

「いいのよ、それでも。だって、こうしたいんだもの。ソクラテスが死んだら、ここにあるものはちゃんと片付けるし、お母さんが死んだら、水槽とか全部捨てていいわ。賢人には邪魔なだけだろうから」

「そんなこと言ってないだろう」

「じゃあ、死ぬとか、簡単に口にしないでよ」

久子の目尻が吊り上がる。

「ごめん」

賢人が素直に謝る。くどくど言い訳したり、反論したりすれば、かえって話がこじれて面倒なことになるとわかっているのだ。

「ほら、ソクラテスが賢人を見てるわよ。興味があるんじゃないのかしら」

「気のせいだろう」

賢人が水槽に近付き、しゃがんで水槽を覗き込む。

ソクラテスは水槽の底に横向きに置かれた植木鉢に入っている。今に限ったことではなく、ここ数日、賢人が水槽を見ると、いつもそうしている。タコは夜行性だというから、暗くなると植木鉢から出てくるのかもしれないが、少なくとも、賢人はソクラテスが植木鉢から出て、動いている姿を見たことがない。まだ怪我の影響が残っていて活動が鈍いのかもしれなかった。

そのソクラテスの体が少しばかり植木鉢から出ており、ぎょろりとした目が賢人の方に向けられている。

賢人が見つめると、ソクラテスも見つめ返してくる気がする。たまたま、ソクラテスの目が賢人の方に向けられているというのではなく、意識的に賢人に視線を向けている気がするのだ。

（そんなバカな……）

とは思いつつ、賢人はソクラテスの目をじっと見つめ続ける。

一三

七月五日（日曜日）
朝八時、鉄太郎と響子は自宅マンションを車で出発した。
助手席の響子は疲れた顔をしている。

テニスの予定が入っていたのに、それをキャンセルしなければならなくなり、昨夜、テニス仲間たちにメールで事情を説明した。誰かに当番も代わってもらわなければならなくなった。幸い、来月の当番と交代してもらうことができたものの、練習で使うボールは響子が預かっていたので、六時に起きて車で届けた。自宅に戻ると、ルビーとアップルを散歩に連れ出した。鉄太郎が散歩させてくれればよさそうなものだが、ルビーは響子と一緒でなければ散歩に行こうとしないので響子が行くしかない。散歩を終えて自宅に帰ると、パジャマ姿の鉄太郎が不機嫌そうな顔で新聞を読んでおり、

「朝飯は、まだなのか。八時に出かけると言っただろうが」

と尖《とが》った声を出す。

響子もカッとなり、

（誰のせいでこんなに慌てているのよ）

と言い返しそうになるが、ぎりぎりのところで言葉をのみ込む。今日は二人でいる時間が長い。恐らく四時間以上は二人でドライブすることになる。出だしで喧嘩《けんか》したら、どれほど不愉快な時間を狭い車の中で過ごさなければならないか……それを想像するだけで気が滅入る。

だから、我慢した。

手早く朝食を用意すると、鉄太郎は黙って食べ始める。その間に響子は犬たちにも朝ごはんを食べさせる。それが済んでから着替えて化粧を直す。支度を整《ととの》えて、何かお腹《なか》に入れようとしたら、

「おい、行くぞ」

鉄太郎が声をかける。

男の鉄太郎は身支度が簡単でいい。パジャマを脱ぎ、ジーンズをはいて、半袖のポロシャツを着るだけである。朝ごはんが済めば、ものの数分で出かける支度が完了する。響子は、そうはいかない。男と女は違うのだ。

「少しくらい何か食べさせて下さいよ」

「車でパンかおにぎりでも食べればいいだろう。もう八時だ。予定の時間なんだよ」

鉄太郎は、さっさと玄関に向かう。

アップルは窓際で、ルビーはソファの上で寝そべっている。散歩して、朝ごはんを食べると、それぞれが好みの場所で居眠りするのである。

「なるべく早く帰って来るからね」

犬たちに声をかけて、響子が鉄太郎の後を追う。

首都高に乗ってから、
鉄太郎が訊く。

「食べないのか？」

「あんなに急いで出るんだもの、何も用意できなかったわよ」

「それなら、高速に乗る前にコンビニに寄ったのに。おれもコーヒーを買いたかったしな」

「じゃあ、パーキングエリアに寄って下さい」

「そうだな、幕張《まくはり》あたりで休憩するか。向こうまで二時間くらいかかるから、トイレ休憩と買い物だ」

箱崎《はこざき》近辺で事故渋滞に巻き込まれたせいで、幕張のパーキングエリアに着いたのは九時過ぎである。二〇分ほど休憩した。トイレを利用し、鉄太郎はコーヒーを、響子はサンドイッチとオレンジジュースを買った。

「行くぞ」

「え？」

てっきりフードコートで食べると思っていたので、響子は驚いた。

「車で食べろ。時間がもったいない」

鉄太郎は、さっさと車に戻ろうとする。

「せっかちな人ねえ。嫌になる」

溜息をつきながら、響子も後を追う。

宮野木《みやのぎ》で京葉道路から東関東自動車道に乗り換える。

「日曜なのに車が多いな」

「そうね」

「ああ、そうか。成田空港に行く車か」

「……」

「平日だと、もっと混み合うのかもしれないな」

「……」

響子は興味なさそうに窓の外を眺めている。

鉄太郎の方も別に響子の返事を求めているという様子ではない。心に浮かんだことを独り言のように口に出しているだけという感じである。

四街道《よつかいどう》あたりまでは住宅街も目に付くが、佐倉を過ぎてしまうと、田畑や森が多くなってくる。

ふと響子は鉄太郎に顔を向けると、

「どこで下りるの？」

「富里が近いみたいだが、富里で下りると市街地を走ることになるらしい。酒々井《しすい》だと、少し距離は長くなるが、道路が空いているので時間的には早い……そう電話で不動産屋から聞いた」

「じゃあ、酒々井で下りるのね？」

「どうしたんだよ、急に？」

「アウトレットがあるのよ。帰りに寄ってくれないかしら？」

「こんなところに来てまで買い物か？」

鉄太郎が嫌な顔をする。

「わたしだってテニスを断って付き合ってあげてるじゃない」

「これは、おれだけの話じゃない。おれたちの老後の問題なんだぞ。恩着せがましい言い方をするな」

「だって、丸一日、そこにいるわけじゃないでしょう？」

「念入りに見て回ったとして……。まあ、昼くらいまでかなあ」

「お昼ごはんを食べるついでもあるんだから、帰りにアウトレットに寄りましょうよ」

「どうせ昼飯も食うし、この土地が気に入ったら、いずれアウトレットも利用することになる。下見になるな……」

いいだろう、帰りに寄る、と鉄太郎がうなずく。

一四

鉄太郎の父親は猛烈な仕事人間だった。働き盛りの時期と日本の高度成長期がちょうど重なり、家庭を顧みることなく仕事一筋に励んだ。

平日は鉄太郎が寝ているうちに出勤し、鉄太郎が眠った後に帰宅していたから、ほとんど顔を合わせることがなかった。

週末も接待ゴルフで早朝から出かけてしまい、帰ってくると、酒を飲んでさっさと寝てしまったので、ろくに話もできなかった。

父親がそういう人間だったから、鉄太郎には家族団欒《だんらん》の思い出がほとんどない。家族揃って食事することも、家族で外出することも滅多になかった。

ただひとつだけ鮮明に残っている記憶がある。

いつ頃の思い出なのか、鉄太郎自身、正確には覚えていない。たぶん、小学校低学年、七歳か八歳頃の記憶ではないか、と思っている。

家族三人でどこかの牧場に行った。母親が拵《こしら》えた弁当を持参し、芝生の上にビニールシートを敷いて坐り、三人で食べた。父親とキャッチボールをした。牧場のスタッフが引き馬をしてくれるポニーに乗った。

その牧場にはサラブレッドが何頭もいて、広い放牧地を自由に走り回っていた。

日が傾いてきたので、帰ることになった。

放牧地に目を向けると、馬たちが夕陽を浴びて走っていた。その姿の美しさに、鉄太郎は心を打たれた。これほど優雅でしなやかで美しい生き物は他にいないと感動した。

数年前から定年退職後の第二の人生について考えるようになった。

警察官として過ごしてきた人生に悔いはないが、いくらやり甲斐があろうと、あくまでも仕事に過ぎず、自分の夢を追ったわけではない。第二の人生はわがままに生きたいと考えた。自分の夢を追うのだ。

自分の夢は何かと思案すると、必ず鉄太郎の脳裏には、夕陽を浴びて走る馬たちの姿が甦《よみがえ》った。農場で暮らそうと決意したのは、それもきっかけのひとつになっている。

農場を手に入れ、家庭菜園で野菜や果物を育てる。鶏を飼って新鮮な卵を食し、乳牛を飼って新鮮な牛乳を飲む。チーズ作りにも挑戦する。馬を飼い、広い放牧地を好きなように走らせる。時には自分が馬に跨《また》がり、頬に風を感じながら、馬を走らせる……夢はいくらでも膨らんだ。

動物の飼育や農場生活に関しては、図書館に通って役に立ちそうな本を読んでいるし、ネットでも調べている。その気になれば、今はいくらでも簡単に情報が手に入る。もちろん、知識が増えれば何でもできるわけではないから、馬の扱いに慣れるために週に一度くらいの割合で乗馬クラブに通っているし、マンションの敷地内で小さな家庭菜園も作っている。

焦らずにひとつずつ身に付けていけば何とかなりそうな手応えを感じている。

一五

半日かけて念入りに農場を見学する、という意気込みで現地に向かった鉄太郎だが、三〇分もしないうちに不動産屋と喧嘩して車に乗り込んだ。

ネットに載っていた写真と現物があまりにも違っていた上に、インフラに関する説明もでたらめだったからだ。

「あれは詐欺《さぎ》だ。インチキだ。ちくしょう、貴重な時間を無駄にしちまった」

悪態を吐きながら、エンジンをかける。

（こっちの台詞だわよ）

そう言ってやりたいのを、響子は我慢した。親しい仲間たちとの楽しいテニスを断って来たというのに、まるっきりの無駄足ではないか。

「ものすごい美人の見合い写真を見せられて、期待して出かけたら、とんでもないおかめが現れたっていう感じだな。化粧でごまかして、写真を細工して……そんなことをしたって仕方ないのにな」

「お見合い写真なら、やっぱり、少しはきれいに写りたいでしょうけど」

「不動産でそんなことをされちゃあ、こっちが迷惑だ。ネットを鵜呑《うの》みにはできないよなあ。自分の目で確かめないと本当のことなんかわからない」

自分の足で真実を突き止めるってのは刑事の仕事と同じだな、と鉄太郎が笑う。何がおかしいのかわからないので、響子は黙っている。

「少し早いがアウトレットに行くか。頭にきたら、何だか腹が減ってきた」


アウトレットでは、食事と買い物で二時間ほど過ごした。

響子は、もっとゆっくりしたかったのだが、鉄太郎が、早くしろ、早くしろ、とうるさいので面倒になり、さっさと帰ることにした。

午後三時前には家に戻った。

「車に乗っていただけなのに、何だか疲れたなあ。アウトレットは人が多かったから、そのせいかな。人混みの中にいると疲れるだろう?」

鉄太郎がどっかりとソファに坐り込む。

「ねえ、ひと休みしたら中庭に出ない?」

「いいよ」

珍しく素直に鉄太郎が同意する。中庭に出るというのは家庭菜園の手入れをすることだとわかっているからだ。

　マンションの中庭には住民向けの家庭菜園がある。全体で二〇坪の広さがあり、それを一〇の区画に分け、希望する一〇家族に一年単位で貸してくれる。毎年抽選が行われ、平均倍率は三倍程度である。幸い、三年続けて当選し、二坪の土地でナスやキュウリ、キヌサヤ、ピーマンなどを育ててみた。やってみると面白いので、ベランダにもプランターを置き、水耕栽培でプチトマトやシシトウも育てている。

　農場と小さな家庭菜園では規模が違いすぎるから、必要なノウハウが違うのは理解しているものの、それでも実際に土に触れて、自分の手で作物を育ててみると、心の奥底から第二の人生に向かう自信ができる。

　響子も家庭菜園には熱心で、

「自分の手で育てるっていいわね」

　と喜んでいる。

　ひと息ついてから、二人で中庭に出る。薄いトレーナーに作業ズボン、長靴を履き、軍手を持参する。特に用具は持っていかない。必要な用具は中庭にある倉庫に置いてあり、家庭菜園の利用者であれば、誰でも使っていいことになっているからだ。

　笊《ざる》とビニール袋を持っていくのは収穫物を運ぶためだ。ホウレンソウとソラマメは、先月、収穫を終えた。これからは、プチトマトやエダマメ、イチゴ、キュウリ、ピーマンの収穫が始まる。狭い土地で、できるだけ多くの種類を少しずつ育てているのである。

鉄太郎と響子が居住棟を出て中庭に向かおうとしたとき、駐車場から出てきた車が響子のすぐ前を減速せずに走り抜けた。咄嗟に鉄太郎が響子の腕を引く。

「バカ野郎！」

鉄太郎が叫ぶと、その車が停止する。メタリックホワイトの国産高級車である。運転席のウィンドーが下がり、

「どうかしましたか？」

四〇くらいの年格好の日焼けした男が顔を出す。

「あんた、危ないだろうが。敷地内は徐行することになってるんだよ」

「すいません。ちょっと急いでたもんですから。お怪我でもなさいましたか？」

「いや、それは大丈夫だけどね……」

刑事の習性というべきか、鉄太郎は素早く車内に目を走らせる。助手席には神経質そうな顔をした女が坐り、後部座席には小学生くらいの女の子と男の子が行儀よく坐っている。高級車に乗っているだけあって、子供たちの洋服にも金をかけているようだ。

「まあ、気を付けて下さいよ。敷地内で事故なんか起こったら洒落にならないから」

子供たちの目を意識したのか、鉄太郎がいくらか口調を和らげる。

「これから気を付けます」

では、失礼します、と白い歯を見せて、ウィンドーが上がり、車が走り去る。

「あんなことを言わなくてもよかったのに」

「危なかったじゃないか。何を急いでるか知らないがマンションの中であんなにスピードを出しやがって……」

「あれ、多田野《ただの》さんご一家よ」

「多田野？」

「うちの棟の最上階に住んでるわ」

「最上階ってことは、このマンションで一番高い部屋だな」

「うちよりずっと広いわよ。ルーフバルコニー付きだし」

「そんないい部屋に住んで、あんな高そうな車に乗って……何だか気に入らねえなあ」

「それは僻《ひが》みよ。どういう仕事をしてるのか知らないけど、絵に描いたようなセレブ一家ね」

「そんな金持ちと、安月給の刑事が同じマンションに住んでるなんて不思議だよな」

わはははっ、と鉄太郎が笑う。

「別におかしくないけど」

響子がすたすた歩き出す。

中庭の家庭菜園では何人かの住人が土いじりをしている。その一人が、

「あら、吉見さん」

と、響子に近付いてくる。

「こんにちは、海部《かいふ》さん」

響子がにこやかに挨拶する。

海部敏子《としこ》は六〇歳の専業主婦である。いつもにこにこして愛想がよく、人当たりもいいが、知りたがり屋のおしゃべりだ。響子は如才なく付き合っているが、迂闊なことを言うと、すぐに敏子が言い触らすとわかっているので油断はしていない。人に知られては困るようなことは決して敏子には言わないように心懸けている。鉄太郎は敏子が大嫌いだ。敏子も無愛想で口の重い鉄太郎を苦手にしているからお互い様である。

「また、やられたのよ」

「え？」

「今度は金田《かねだ》さんのメロン」

「あのメロン……」

「家庭菜園で素人がメロンを育てるなんて、ものすごく大変じゃない？　虫も付きやすいし、手間暇もかかるし。だから、慎重に丁寧に大切に育てて、見るからにいい感じに育ってきたじゃない。もうすぐ収穫できそうだって喜んでいたのにねえ」

「盗《と》られたんですか？」

「そうに決まってるわよ。メロンが自分の足でどこかに行くはずがないもの。ひどいことをする人がいるわよねえ。金田さん、すっかり落ち込んじゃって、もう中庭での栽培はやめると言ってたわ。ふたつ育てたメロンをふたつとも盗まれたんだもの。やる気もなくなるわよね。金田さんだけじゃないのよ。うちもインゲンとカボチャをやられたのよ。もう頭にくる！　何度もカボチャ作りに挑戦して、失敗を繰り返して、ようやくうまくいったと思ったのに」

「全部ですか？」

「ううん、一番大きく育ったのをひとつだけ。小さいのは残ってる。いいものだけを選んで盗んでるのよ。本当に頭にくる」

溜息をつきながら、敏子が離れていく。

「聞いてた？」

響子が振り返って、鉄太郎に訊く。

「あの人、声が大きいからな」

「シッ！　そんな言い方しないで。もっと近所付き合いに気を遣ってよ」

「しかし、家庭菜園のものを盗むなんて、とんでもない奴がいるもんだな。警察に届けたのかな？」

「何か対策を取るように理事会には届けてあるらしいわよ。警察に届けるにしても、理事会が窓口になるんでしょうから」

「ふんっ、のんきだな」

「趣味で育ててる野菜や果物だし、そんなに高いものもないから……。金田さんのメロンは特別だろうけど」

「盗みが始まったのは、四月頃からだよな？」

「そう」

「うちもか？」

「毎日手を入れていれば気が付くんでしょうけど、うちはたまにしかやらないから……。でも、ちょっと減ってるかなと感じたことはあるわね」

「メロンやカボチャがなくなるってことは、犬や猫の仕業ってことはないよな」

「人間に決まってるでしょう。金田さんのメロン、かわいそうだわ。あれを盗むなんて、ひどい。わたしが見ても、すごく立派に育っていたし、あそこまで育てる手間暇も考えると、ただのいたずらなんかでは済まないと思うわ。あなた、刑事なんだから何か対策を考えてよ」

「理事会が被害届を出せば、地元の警察がちゃんと調べてくれるよ」

やる気もなさそうに鉄太郎が答える。

「嫌な話よね」

二人が自分たちの家庭菜園に歩み寄っていく。

あっ、と響子が声を発する。

「どうした？」

「これ……」

「ん？」

イチゴがひとつもなくなっている。

一六

いつだって、ぎりぎりの生活を強いられている。まともに食事を摂《と》ることすらできない日々なのだ。

入院で貯金がなくなり、さして親しくもなかった沢村翔太から三万円借りた。その三万円を返す目処もまったく立たない。

翔太は三万くらい返さなくていい、もう忘れろと言い、返済を迫るどころか、気前よく豪華な食事を奢ってくれたりする。

その上、どうすれば簡単に金が手に入るか教えてやるとまで言う。

おれにとっては悪魔の囁《ささや》きだ。

嫌だ。そんなことはしたくない。

翔太の世話になっているのは事実だが、できれば縁を切りたい。もう関わりたくない。

そのためにも、さっさと三万円を返したい。

たかが三万、されど三万である。

どうすればいい？

実家は頼りにならないから、自分で何とかするしかない。

借りればいいのか？

何の担保もない大学生にまともな金融機関が金を貸してくれるはずもない。貸してくれるとしたら、法外な利息を取る闇金くらいだろう。闇金から金を借りたら、奈落の底に真っ逆さまだってことくらいは、おれにもわかる。

誰からも借りることができなければ自力で稼ぐしかないが、まともなやり方では駄目だ。それでは、どうにもならないから悩み苦しんでいるのだ。

苦しい。

胸が詰まる。

金の苦しみは地獄の苦しみだ。

どん底でもがき苦しんでいるときに限って、ふらりと翔太が現れる。

「最近、大学で顔を見ないな」

「ほとんど行ってない」

「バイトが忙しいのか？　というわけでもなさそうだよな、ひどい顔色だぜ。栄養失調じゃないのか」

「そうかもしれない」

「その若さで孤独死か。しかも、餓死だなんてあり得ないだろう」

「笑いたければ笑え。おまえには関係ないことなんだから」

「別に笑ってないよ」

「なぜ、おれなんかに構う？」

「前に言わなかったか？　おれたち似てるんだよ」

「似てる？　おれとおまえが？」

「最初に会ったときにピンときた。同じ匂いがするってな。おれだって、おまえと同じなんだよ。青森から出てきた田舎者だし、実家からの仕送りも当てにできなくて、大学に入ってからの半年くらいは本当に苦しかった。だけど、今は違う。一〇万くらいの金はいつでも持ち歩いてるし、貯金も八〇〇万くらいある」

「……」

「羨ましいだろう？　正直に言えよ」

「ああ、羨ましい」

本音だ。それだけの貯金があれば、苦労することなく大学生活をエンジョイできるではないか。

「それでいいんだ。自分をごまかすな。誰だって金がほしい。だけど、どうすれば金が手に入るかわからないだけだ。教えてやるよ。さあ、飯を食いに行こうぜ。今日も焼肉がいいかな。栄養をつけないと、マジで死ぬぞ」

翔太の誘いを断りたかった。

しかし、断ることはできなかった。

理屈ではない。焼肉を食わせてやると言われた途端、頭の中が焼肉のことでいっぱいになってしまい、パブロフの犬のように口の中に唾液が溢れた。どうにもならなかった。

焼肉を食いながら、翔太は、こう言った。

「金のある奴らから奪えばいいんだよ」

と。

「おまえは金に困ってるけど、それは、おまえのせいか？　違うよな。世の中がおかしいんだ。平等な世界じゃない。富は偏在してるんだよ。真面目に働いても食えない人間がいる一方で、楽をして稼いでいる奴らがいる」

「だから、奪ってもいいのか？　犯罪じゃないか。そんなことが許されるのか？」

「自分の考え方次第だろう」

「良心が痛まないのか？」

「良心だって？　自分が飢え死にしそうなときに、きれい事なんか言っていられるのか？」

「……」

確かに、その通りだ。

できることなら、そんなことはしたくないが、生きるか死ぬかという瀬戸際に追い込まれれば、そうするしかないではないか。

「警察に捕まるのは嫌だ」

「捕まらないようにすればいいさ。長尾が心配するほど難しいことじゃないんだよ」

どういうやり方で、誰から奪うのか？

どこで奪うのか？

武器を使うのか？

翔太はいろいろ教えてくれた。

まず武器だ。

包丁かナイフがいいだろうと勧めてくれた。

人を殺したいわけではないが、一撃で相手の動きを封じるくらいのダメージは与えたい。果物ナイフなどでは話にならない。大型のナイフは購入に身分証の提示が必要らしいので諦めた。

包丁に決めかけたが、包丁で人を襲ったとき、相手を刺した反動で、自分も手に怪我をするかもしれないと気が付いた。厚手の手袋をするとか、何かしら工夫をすればいいのかもしれないが、そうすると包丁を扱いにくくなりそうな気がした。

そもそも、包丁は人を殺傷するために作られた道具ではない。やはり、ナイフの方がいいだろうし、サバイバルナイフならば、包丁に比べて攻撃力が格段に増すはずだ。

試しにネットで調べると、意外にも簡単にナイフが手に入りそうだとわかった。殺傷能力の高い大型のサバイバルナイフを手に入れるのは容易ではないが、もう少し小さく、形状は似たようなタイプのナイフであれば、すぐに手に入れることができる。

いろいろな商品を比較し、ひとつ買った。おもちゃではないから、それなりの値段がする。三〇〇〇円くらいで買える安物もあるが、それでは、いざというとき役に立つかどうか心配だから、思い切って、ケース付きの二万円のナイフに決めた。

金はある。

焼肉を食べた後、翔太が、

「準備に必要だろう」

と五万円貸してくれたからだ。

おれは身長が一七六センチで、体重は六〇キロしかない。最近、ろくに食べていないから、五〇キロ台に落ちているだろう。見た目は、ひょろっとしている。大して筋肉もないから非力だ。大男と揉み合いになったら、まず勝てない。大男でなくても、成人男性が相手では勝つ自信はない。となれば、弱い相手がいいに決まっている。

年寄りか、女だ。

犯行は深夜に行うと決めた。深夜に金目のものを持って出歩いているとすれば、水商売か風俗の女ということになる。年寄りは、あまり夜中に出歩かないだろう。

ターゲットは、それで決まりだ。

デリヘル嬢の送迎をしているから、風俗の女たちは多額の現金を持ち歩くことが多いと知っている。報酬は日払いなので、仕事帰りには間違いなく金を持っているのだ。

水商売の仕組みはよく知らないが、男相手の仕事だから、たとえ現金をさほど持っていなくても、それなりに高価な宝飾品を身に着けているのではないか、と思う。それを奪えばいいのだ。現金の方がありがたいが、宝飾品だって、売れば金になる。

厄介なのは、悲鳴を上げられることだ。

静かな夜に女の悲鳴が響き渡れば、何事が起こったのかと窓から覗く者や、警察に通報しようとする者がいるかもしれない。

「バカだな。悲鳴を上げる余裕を与えなければいいだけじゃないか」

そう翔太に言われて気が付いた。

確かに、その通りだ。

ターゲットの背後からそっと忍び寄り、背中をひと突きすればいいのだ。背中といっても、人を殺したいわけではないから急所は外す。心臓と反対側にある肺のあたりを刺すのだ。中途半端に刺すと、その痛みで悲鳴を上げられてしまうが、ナイフを深く刺して肺を傷つければ、呼吸が苦しくなるから大きな声を出すことなどできないだろうと考えた。

大切なのは一撃で決めることだ。

びびって傷が浅かったり、狙いを外したりすれば、間違いなく騒がれる。背後から襲うのは、こっちの姿を見られないためだが、一撃で相手の動きを封じることに失敗すれば、姿を見られてしまう。そんなことになれば、たちまち逮捕されてしまうだろう。金を手に入れるどころか、何もかも失って刑務所行きだ。やるからには、ためらいを捨てなければならない、びびったりするな……そう自分に言い聞かせた。

そうは言っても、今まで人を刺したことなどない。

果たして、そう簡単にできるものだろうか？

安い枕を買ってきて、印を付けて、そこを正確に力強く刺す練習をした。

今思い返せば、実に馬鹿馬鹿しい。

見ず知らずの、何の落ち度もない女性を、金品を奪うという下劣な目的のために何のためらいもなく刺せるかどうか、それが問題なのだ。枕なんか刺しても、何の練習にもならない。生身の人間と枕は違うのだ。

連続殺人犯の手記や、通り魔事件を起こした犯人に関する記事をネットで拾い読みしてみたが、それによれば、最初の事件が一番難しかった、と犯人たちは口を揃えて言っている。心にためらいが生じたせいで慌てたり焦ったりして、現場に証拠を残してしまうらしい。ひどく手際が悪いのだ。

その代わり、二度目は冷静にやれるようになっている。三度目は、もっとうまくなる。数をこなすうちに、心に余裕が生まれ、どんどん手際がよくなり、ミスを犯さないようになるのだという。結果的に捕まってしまうのは、単に不運に見舞われただけに過ぎず、自分の落ち度ではないというのだ。

つまり、最初が肝心なのだ。

最初さえ成功すれば、二度目からは、もっとうまくやれるようになる。

そう信じることにした。

それ以来、外に出て若い女性を見かけると、その女性に背後から忍び寄り、その背中にナイフを突き刺すことを想像した。頭の中でシミュレーションを繰り返したのである。

（おれは、やれる）

そう確信してから、翔太に連絡した。

新宿で待ち合わせた。また焼肉を奢ってくれるのかと期待したが、今度は、しゃぶしゃぶだった。もちろん、文句はない。

焼肉もうまかったが、しゃぶしゃぶもうまい。

飯を食いながら、翔太に計画を説明した。

翔太は黙って聞いていた。

おれが話し終わると、

「いいじゃないか。うまくいくよ。で、どこでやるんだ？」

「どこって……」

「考えてないのか？」

「土地勘のある場所がいいと思う」

「アパートの近くか？　あまり近すぎるとまずいんじゃないか」

「そうだな……」

連続殺人犯の手記を読んで知ったことだが、多くの凶悪犯罪の現場は、犯人の職場や自宅の半径五キロ以内で起こっているそうだ。まったく土地勘のない土地で犯行を起こすのは、いざというときに道に迷って逃げ損なったりするらしい。リスクが大きいのだ。だから、自分の縄張りでやる。そうは言っても、翔太が言うように、あまりに自宅や職場から近すぎるのも危険だから、半径五キロという広さになる。

普段、利用しているのは中野駅だから、やはり、それを中心に考えるのがよさそうだ。タクシーで帰宅する女性を狙うのは無理だから、駅から歩いて自宅に帰る女性を狙うのがいいだろう。

ほんの思いつきだったが、それを翔太に話すと、

「うん、いいよ。すごくいい。土壇場《どたんば》でびびらなければ、きっとうまくいく」

そう誉めてくれて、やるじゃないか、と笑った。

一七

七月六日（月曜日）

九時過ぎに賢人が帰宅すると、久子が水槽の前にしゃがみ込んでいる。

久子の横にはさくらがいる。二人で水槽を眺めている。

「あれ、さくらちゃん」

賢人が声をかけると、二人が揃って振り返る。

「お帰り」

「お帰りなさい」

「どうしたんだい、何かあったの？」

「さくらさん、メールでいろいろアドバイスしてくれるんだけど、メールだとわからないこともあるから都合のいいときに遊びに来てってお願いしたの。で、今日、来てくれたのよ」

「そんなことをして……。迷惑じゃないか」

「そんなことないですよ。わたしもソクラテスのことが気になってましたから。それに豪華なお

寿司もごちそうになれたし」

うふっ、とさくらが笑う。

「タコは……いや、ソクラテスは、もう元気になったんだろう。怪我もよくなったみたいだし。さくらちゃんを煩《わずら》わせることはないいんじゃないのか」

「ところが、そうじゃないのよ、賢人。元気になれば元気になったで、また、いろいろ心配しなければならないことがあるの。ちょっと、これを見てよ」

久子が脇にどいて、賢人を手招きする。

賢人が水槽に近付く。

「……」

じっと水槽を覗き込む。

「何か変わったと思わない？」

久子が訊く。

「そう言えば……。ガラクタが増えた気がする」

今朝まで、ソクラテスが寝床にしている植木鉢の他には海藻と石ころくらいしかなかったのに、今は小さな瓶や小さな箱、ガラスの玉、浴室に張るようなカラフルなタイルなど、いろいろ入っている。

「失礼ね。ガラクタだなんて」

久子が口を尖らせる。

「それはね、ソクラテスのおもちゃなのよ」

「おもちゃ？」

「賢人さん、植木鉢の周りをよく見て下さい」

さくらが指で指し示す。

「何か気付きませんか？」

「ん？」

賢人が目を細めて注視する。

「ガラス玉やタイル、きちんと並んでると思いませんか？」

「そう言えば……」

「わたしたちが並べたわけじゃないんですよ。最初は、でたらめに水槽に入れただけなんです。それをソクラテスが自分で拾い集めて、ああいう風にきちんと並べたんですよ」

「タコがそんなことを？」

「わたしもね、見ていて驚いたのよ。さくらさんに教えてもらったんだけど、つまり、植木鉢が自分の家なわけでしょう？　家の前にきれいなものを並べて、庭を拵えているらしいの」

「まさか」

「本当なんですよ。タコはガーデニングするんです。住処もきれいに整理整頓します。ちょっとわかりにくいですけど、植木鉢の中、とてもきれいなんですよ。排泄は外でしますし、家の中にゴミが入ると、外に掃き出すんです。家の中を清潔にして、庭造りをしてきれいに飾って、自分が快適に住むことができるようにせっせと努力するんです」

「それだけじゃないのよ。タコはすごく好奇心が強くて、退屈するのが大嫌いなんですって」

久子が興奮気味に言う。

「水槽には小さな箱も入れてありますけど、あの箱、鍵が付いてるんです。鍵といっても単純な仕掛けなんですけど、その鍵を外さないと蓋が開きません。蓋を閉める前に、箱の中にエビを入れるところをソクラテスに見せました。それから蓋をして水槽に沈めたんです。今は庭造りに夢中になっていますけど、庭造りが一段落したら、きっと蓋を開けようとしますよ」

「信じられないなあ」

「わたしもね、正直、半信半疑なんだけど、たぶん、ソクラテスならやれる気がするの。だって、あんなにきれいに自分の庭を造るんだもの」

久子がうっとりした表情でソクラテスの庭を眺める。

「うまく開けたら、次はもう少し難しい鍵にするといいと思います。タコは、パズルやゲームが大好きなので、ハードルが高いほどやる気を出しますから」

「そんなに頭がいいの？」

信じられないという顔で賢人が訊く。

「ものすごく賢いです。遊ぶのも好きですし、人間と触れ合うのも好きなんですよ」

さくらは、指先で水槽をコンコンと叩いてソクラテスの注意を引き、水槽に右手を入れる。

ソクラテスが気が付き、水面に上がってくる。浮かび上がると、八本の腕を伸ばして、さくらの腕に絡みつく。

「わたしもやってみていいかしら？」

「ええ、どうぞ。ソクラテスが喜びますよ」

久子が水の中に腕を入れると、さくらの腕に絡みついていた何本かのソクラテスの腕が今度は久子の腕に絡みつく。

さくらは、左手でそっとソクラテスに触る。

すると、その部分だけ白くなる。

「タコはカメレオンのように体の色を変えて擬態できるんです。白というのは、タコがリラックスしているときに現れる色なんですよ」

「くすぐったいわね」

タコの腕には吸盤が二列になってずらりと並んでおり、それが人間の腕に吸い付くから痒《かゆ》みを感じるのだ。

「ところで、賢人さん、ここは何かわかりますか？」

さくらがソクラテスの腕の上にある丸く膨らんだ部分に触る。

「何って、それが頭じゃないの？」

「違うんです。マンガだと、ここが頭で、ここに目や口があるように描かれますよね。この部分、外套膜《がいとうまく》といって、タコの胴体なんです。本当の頭は胴体の下、腕の付け根のそばにあります」

「ふうん、じゃあ、胴体があって、その下に頭、頭の下に八本の足があるということか」

「人間の構造とは全然違いますよね。そもそも、タコには心臓が三つもあるし、血の色だって赤ではなく、青だし」

「何だか気持ち悪いなあ」

「賢人も腕を入れて触ってもらいなさいよ。慣れると、すごく気持ちいいわよ」

「いや、遠慮しておく」

賢人が首を振る。


一時間ほど後……。

さくらが帰ることになり、賢人は駅まで送ることにした。

さくらは遠慮したが、

「駄目よ、こんな時間に若い女性が夜道を一人で歩くなんて」

と、久子が納得しなかったのだ。

「何だか悪かったね。おふくろの道楽に付き合わせてしまって」

「いいんです。楽しかったです。ソクラテスと交流できましたから」

「おれには無理そうだなあ。ぬるぬるして気持ち悪そうだ」

「慣れれば平気ですよ」

「あまり慣れたいとは思わないよ」

賢人が苦笑いをする。

「お母さまには言えなかったんですが、ひとつだけ気になることがあります」

「何だい？」

「ソクラテスの寿命です」

「寿命？」

「タコは短命なんです。個体差がありますけど、普通は三年から四年くらいが寿命です」

「随分、短いんだなあ」

「すごく賢いのに、あまり進化していないのは寿命が短すぎるからだと言われています」

「あいつ、何歳くらいなんだろう？」

「そこが問題なんです。生まれたときから観察していれば、何歳かわかりますけど、海で捕獲したタコの年齢はわかりにくいんです」

「何か手がかりはないの？」

「ありません」

さくらが首を振る。

「魚は年齢がわかるんです。鱗《うろこ》や耳石には、木と同じように年輪ができるので、それを調べれば、何歳かわかります。魚と違って、タコは調べようがないんです。一般的には小さなタコより、大きなタコの方が年を取っていると言われていますが、それも大雑把で、あまり正確ではありません。たくさん食べさせれば、タコはどんどん大きくなりますから」

「ということは、寿命が四年くらいだとして、ソクラテスが四歳だったら……」

もうすぐ死ぬってことか、と賢人がつぶやく。

「お母さま、ソクラテスをかわいがって、とても大切にしているから、そんなことになったら、悲しむだろうと心配で」

「寿命が近付くと、何か兆候が出てくるの？」

「体の色が変わります。全体的に色が薄くなっていくみたいですね。あまり動かず、住処でじっとしているようになります」

「今のところは大丈夫そうだな」

家に連れてきた当初、ソクラテスはほとんど動かなかったが、それは怪我をしていたからで、怪我がよくなってからは、水槽の底を這《は》い回る姿をよく目にするようになっている。

「わたしの取り越し苦労で、実は、ソクラテス、まだまだ若いという可能性もあります。そうであってほしいと思います」

「そうだね」

賢人がうなずく。ソクラテスが家に来てから、久子はやたらに張り切っているし、生き生きして見える。こんなことは賢次郎が亡くなって以来、なかったことだ。大袈裟ではなく、ソクラテスのおかげで生きる張り合いを取り戻したように見える。

もし、ソクラテスが年寄りで、寿命が残り少ないとすれば、ソクラテスが死んだ後、どれほど久子が気落ちするだろうか、と賢人は心配になる。

一八

七月七日（火曜日）

賢人が帰宅すると、久子はソファに坐って本を読んでいた。海洋生物に関する専門書だ。それ以外にも何冊もの本がサイドテーブルに積んである。どの本にも図書館のラベルが貼ってある。

「お帰りなさい。ごはんの支度はできてるわよ。お味噌汁《みそしる》、温めようか」

本を閉じて、久子が腰を上げようとする。

「いいよ、自分でやる。先に風呂に入りたいし」

「じゃあ、お願いね。お風呂も沸いてるから」

久子はまた本を開いて読み始める。

「随分、熱心だね」

「さくらさんに勧められた本なのよ。近くの図書館にはなくて、遠くの図書館から取り寄せてもらったの。タコだけについて書かれた本は少ないから、海洋生物全般について書かれた本も読んでるの。タコのことは少ししか書いてないけど、それ以外の部分も面白いのよ。賢人も読んでみたら？」

「おれはいいよ。捜査資料を読むだけで手一杯だから。とても読書する気にはなれないな」

「仕事を忘れて息抜きすることも必要よ」

「そうできればいいけどね」

　賢人が肩をすくめる。


　風呂から出ると、まだ久子は読書をしている。

　賢人は冷蔵庫から缶ビールを取り出して飲み始める。水槽に目を向け、何かが気になったらしく、怪訝な顔で水槽に近付いていく。

「どうかした？」

　久子が本から顔を上げる。

「植木鉢の前に置いてある箱、蓋が開いてるけど」

「え」

　久子が本を放り出して、水槽に駆け寄る。

「まあ、本当だ。すごい。開けちゃったんだ」

「ソクラテスが？」

「夕方にもね、一度、開いたのよ。だけど、偶然かもしれないと思って、箱の中にエビを入れて、また鍵をかけて沈めたの。ふうん、偶然じゃなかったのか。ちゃんと考えて開けたのね」

「考えたかどうかは微妙じゃないのかな」

　賢人が首を捻る。

「賢人はすぐにタコを馬鹿にするけど、タコにはすごい力があるらしいわよ。色や形をきちんと識別できるし、好き嫌いだってあるんだって。わたしや賢人を見分けてるということよ。しかも、人間にはない不思議な力があるとも言われているの。予知能力があるのは確実らしいわよ」

「そう言えば、サッカーワールドカップの勝者を的中させるタコがドイツにいたと聞いたことがあるなあ」

「パウル君ね」

久子がうなずく。

「五年前、南アフリカで行われたワールドカップで、ドイツ代表の勝敗をすべて的中させたのよ。それ以外の試合も含めると、全部で一四試合の予想をしてるんだけど、そのうち一二試合が的中しているの。的中率は八五％よ。すごいと思わない？」

「よく知ってるなあ」

パウル君の能力より、それほど熱心に久子が勉強していることに賢人は驚く。久子がサッカーに何の興味も持っていないことは賢人がよく知っている。何しろ、自国開催のときですら何の興味も示さなかったのだ。

「あら、みんな、本に書いてあるもの。タコの能力を認めて、アメリカ軍も研究しているらしいわよ」

「オカルトっぽい話になってきたね」

「明日にでも、新しいパズルを買ってこなくちゃ。ソクラテスが退屈しちゃうものね」

久子が水槽を指先でこつこつと叩き、ソクラテス、ソクラテス、と呼びかける。

するると、植木鉢からソクラテスが顔を出す。

しばらく、久子と賢人の顔をじっと見つめていたが、やがて、ゆらりゆらりと水面に浮かび上がってくる。

久子は急いで水槽の蓋を外し、袖をまくって、水の中に腕を入れる。その腕にソクラテスの腕が絡みつき、吸盤で吸い付く。

「ああ、気持ちいい。賢人もやってみなさいよ」

「おれはいい。遠慮しておく」

賢人が首を振る。

「こうすると、ソクラテスと心が通じ合うのになあ。もったいない」

久子が目を瞑《つぶ》り、満足そうな吐息を洩《も》らす。

第二部　捜査一課ＯＢ

一

七月一〇日（金曜日）

「吉見さん、本当にいいんですか？」

「いいんだ」

「でも……」

「頭でっかちで現場を知らない連中の指示なんか無視しろ。そんな簡単に犯人を逮捕できたら警察なんかいらねえっての」

「……」

岩隈賢人は小さな溜息をつきながら、鉄太郎の後をついていく。

中野区で発生した連続強盗傷害事件は、月初めの金曜日深夜に発生している。

だから、先週の金曜日、警視庁と野方署、中野署の捜査員が大量に動員され、次の犯行が起こるかもしれないと予測される範囲を警戒した。

結果は空振りだった。

これまでに起こった四件の犯行のうち、二件は第一週の金曜日に、二件は第二週の金曜日に起こっている。念のために今日も捜査員が警戒に当たっているが、警戒活動は深夜から早朝まで徹夜で行われるため、頻繁に実施することは難しく、投入される捜査員は半減している。それは、先週に比べて、捜査員一人当たりのカバーしなければならないエリアが二倍になることを意味している。

警戒区域は三つのブロックに分けられ、そのブロックを更に細分化して、捜査員が担当するエリアが割り当てられている。割り当て区域がピンクのマーカーで囲まれた中野区の地図を渡されている。その割り当て区域を深夜から早朝までひたすら歩き回るのが捜査員の仕事になる。単純で疲れる仕事だ。

ところが、鉄太郎は、その割り当て区域を無視して、勝手に他の区域に入り込み、その区域を担当する捜査員と鉢合わせしたりしている。

生真面目な賢人は心穏やかではない。

その都度、

「すいません、地理に不慣れでして」

と言い訳しなければならない。

本来、所轄に捜査本部が設置され、そこに警視庁の捜査員が送り込まれて捜査活動をする場合、所轄の刑事と警視庁の刑事がペアになるのが普通である。土地勘のある刑事と組んだ方が何かと便利だからだ。

しかし、所轄と本庁の刑事の数が必ずしも同じとは限らないから、時として所轄の刑事同士がペアになったり、本庁の刑事同士がペアになったりすることもある。

だから、賢人も鉄太郎とペアになっている。

ただ鉄太郎の場合は、人数の都合というより、鉄太郎の意固地で扱いにくい性格が所轄にも知られてしまい、野方署や中野署の刑事たちがペアになるのを嫌がった、という側面もある。

上司の指示を無視して自分勝手なやり方を貫《つらぬ》き通す鉄太郎の姿を見ていると、

(付き合いづらい人だよなあ。こんな部下を持つ上司は大変だよ)

と、賢人は班長の三島秀俊や管理官の宇田川富之に同情したくもなる。

自分たちの割り当て区域から鉄太郎がどんどん離れていくので、

「そろそろ戻った方がいいんじゃないでしょうか」

賢人はさすがに心配になってきた。万が一、自分たちがいないときに、担当区域で犯行が起こったら、譴責《けんせき》くらいの処分では済まないはずだ。査問委員会にかけられて停職……いや、下手をすると懲戒免職の可能性すらあるかもしれない、と不安になる。

(おれは吉見さんの道連れにされるのか……)

キャリアとして警察官になり、今のところ順調に出世街道を歩んでいる。だからこそ、二八歳の若さで警部なのだ。あと数年もすれば警察庁に戻り、階級も給料も上がり、重い役職にも就けるはずだ。その順風満帆の警察官人生を鉄太郎のせいで棒に振ることになるかもしれない……そう考えると、背筋が寒くなる。

「被害者は、どこから来た？」

「え」

「自宅に戻る途中で犯人に襲われたんだよな。どこから自宅に向かっていた？」

「それは……職場から……」

「そうじゃない。中野駅からだろう？」

「ああ、そうですね」

　賢人がうなずく。

「駅から自宅までタクシーに乗れば、せいぜい、ワンメーターだ。しかし、被害者たちはいずれも歩いて自宅に帰ろうとした」

「遅い時間になると、タクシー乗り場が混み合いますからね。長い列に並ぶより、歩いて帰る方が早いと考えたんじゃないでしょうか。調書にも、そう書かれていたと記憶しています」

「で、犯人は？」

「は？」

「被害者は駅から自宅まで歩こうとする。犯人は、どこで被害者に目を付ける？」

「駅でしょうか？」

　賢人が首を捻る。

「駅の防犯カメラは徹底的に分析されたし、今も駅には捜査員が張り込んでいる。だが、犯人は見付からない」

「駅の中で目を付けたわけではないとおっしゃりたいんですか？　しかし、駅前のロータリーには人が多いし、その周辺にもいろいろお店があるし、ビルもたくさんあるから、どこで被害者に目を付けたか、はっきりしません」

「駅の近くであることは確かだろう？」

「そう思います」

「それなのに、おれたちは駅から遠く離れた場所を一晩中うろうろしていなければならないのか？　犯人を捕まえるには犯人になったつもりで、犯人目線で現場を歩くべきじゃないのか」

「でも、それは……」

「上に命令されれば、どんな変梃《へんてこ》な指示にも黙って従うのか？」

ちっ、と鉄太郎が舌打ちする。

「そうは言いませんが……」

「おまえな」

鉄太郎が足を止めて、賢人に向き直る。

「頭のいいキャリアだってことはわかってる。ここは腰掛けか？　管理職になったとき、自分も本庁の捜査一課にいました、大部屋で捜査活動してましたって箔《はく》を付けたいだけか？」

「そんなつもりはありません」

賢人がムッとする。

「本気で刑事になるつもりなら腹を括《くく》れ。上司の顔色なんか窺《うかが》ってたら、事件の解決なんかできないんだよ。上にいるのは現場をろくに知らないアホばかりなんだからな」

「吉見さん、いくら何でもそれは言いすぎでは……」

賢人が言い返そうとしたとき、ペアにひとつずつ渡されている携帯用の無線機がピーピー鳴り出す。腰にぶら下げた無線機を手に取り、イヤホンを耳に当てる。

「え」

賢人の顔色が変わる。

「どうした？」

「犯人が現れたそうです。女性が襲われ、犯人は逃走中」

「遠いのか？」

「ここから三〇〇メートルくらい先です」

「よし、行くぞ」

「はい」

二人が走り出す。

しばらく走り続けると、次第に鉄太郎が遅れ出す。

賢人が肩越しに振り返ると、ぜえぜえと荒い息遣いで体が大きく揺れている。普段、ろくに運動していないのに、いきなり走り出したので、体がついてこないのであろう。今にも倒れそうなほど、へばっている。

「おれはいい。先に行け」

「わかりました」

賢人は走るのが苦手ではないし、普段から、できるだけたくさん歩くことを習慣にしている。電車では、たとえ空いていても座席には坐らないし、エスカレーターやエレベーターもなるべく使わず、階段を使うようにしている。歩くときも、早歩きや小走りを心懸けている。

走りながら、イヤホンで情報を確認する。

捜査員たちが犯人を追っている。

すぐ近くだ。

人の声が聞こえる。一人ではない。複数だ。待て、止まれ……そんな声だ。

ついに犯人を追う捜査員たちに追いついたのだ。

しかし、姿は見えない。

(ん？)

暗がりに人の姿が見える。スーツ姿ではない。ジーンズ姿のようだ。バッグを手にしている。

「おい」

賢人が声を発する。

近付くにつれて、男の顔がはっきりしてくる。若い。高校生か、大学生のようだ。

賢人をじっと見ている。驚いた様子はない。

と、いきなり賢人に背を向けて逃げようとする。

「待て」

賢人が飛びかかる。

二人がもつれ合い、地面に倒れる。

若い男が賢人の手から逃れようとする。

そこに、

「捕まえたのか？」

「おまえは誰だ？」

他の捜査員たちが追いついてくる。

「本庁捜査一課の岩隈です」

「岩隈か」

顔見知りのベテラン刑事が声をかける。

「現行犯だ。手錠をかけろ。お手柄だな」

「はい」

賢人は頬を上気させながら、その若い男に手錠をかける。もう観念したのか、その男は何の抵抗もせず、おとなしくしている。

二

七月一一日（土曜日）

野方署に設置された捜査本部では、椅子に腰掛けた刑事たちが大いびきをかきながら居眠りしている。その中に鉄太郎もいる。テーブルに突っ伏し、横顔をべったりとテーブルにつけ、涎《よだれ》を垂らしながら寝ている。むにゃむにゃ寝言を言いながら体を動かしたとき、テーブルからずり落ちそうになって目を覚ます。

「あ……」

ぼんやりした表情で、周りを見回す。

ほとんどの刑事たちは眠りこけているが、中には物憂げな表情でタバコを吸う者や、新聞を読んでいる者もいる。

鉄太郎は手の甲で涎を拭いながら体を起こし、

「まだ何も決まらないのか？」

隣の席で携帯をいじっている岩隈賢人に訊く。

「そのようです」

携帯に視線を落としたまま、賢人がうなずく。

「じれったいぜ」

小さな溜息をつきながら、鉄太郎は腕組みして目を瞑る。もう一眠りするつもりらしい。

賢人は若い男を取り押さえた。

その男は女性から奪ったバッグを手にしていた。それで一件落着になるはずだった。

が……。

取り押さえられた沢村翔太は、自分は何も知らない、と言い張った。夜道を一人で歩いていたら、いきなり暗がりから誰かが飛び出してきて、出会い頭にぶつかった。二人とも尻餅をついた。その誰かはすぐに立ち上がって走り去った。地面にバッグが落ちていた。今の奴が落としていったんだな、何をそんなに慌てているのだろう、と首を捻りながらバッグを拾い上げて立ち上がったところに、今度は別の誰かが飛びかかってきた……それが翔太の言い分である。

現場でも、パトカーに乗っている間も、野方署に着いても、翔太は声高に「人違いです」と叫び続けた。

捜査本部に詰めていた幹部たちは不審に思い、現場付近から犯人を追跡した捜査員たちに、あの男で間違いないのか、と確認した。

捜査員たちの話には曖昧な点がいくつもあった。

夜道を追ったので、犯人の細かい特徴ははっきりわからないし、翔太に遭遇する直前、ほんの一瞬、犯人を見失った。ずっと犯人の姿を目で追っていれば、翔太の言い逃れなど通用しなかったはずだが、わずかの時間とはいえ、捜査員たちの視界から犯人が消えたため、犯人と翔太が間違いなく同一人物だと断定することができなかったのだ。

身長は同じくらいだし、ブルーのジーンズをはいていたのも同じだ。黒っぽいポロシャツを着ていたのも同じだ。

しかし、ある捜査員は犯人のポロシャツには何のデザインも刺繍《ししゅう》もなかった気がすると言ったが、翔太のポロシャツには英語のロゴと鹿《しか》の刺繍が施《ほどこ》してあった。もちろん、暗い道で、しかも、追跡中に見ただけだから、確実な証言とは言えないものの、幹部たちが不審を深めたことは間違いない。

ある捜査員は犯人の履いていた白っぽいスニーカーにはアルファベットの大きなロゴが入っていた気がすると言ったが、翔太のスニーカーにはロゴはなく、白地にブルーのラインが入っているだけだ。

犯人は白いマスクで顔を隠していたが、翔太はマスクをしていなかった。逮捕されて所持品を調べられたとき、マスクを持っていなかった。鑑識が付近を調べてもマスクは見付からなかった。

被害者はかなり出血したので、犯人には被害者の血液が付着していると考えられるが、翔太の体には被害者の血液が付着していなかった。逃げる途中に着替えた可能性もほぼゼロである。捜査員に追跡されていたので、途中で着替える時間的な余裕などなかったはずなのである。

翔太は凶器も所持していなかった。犯行現場から、翔太が取り押さえられた場所まで、捜査員たちが追跡した道を鑑識課の職員たちが念入りに調べているが、今のところ、凶器もそれ以外の証拠品も見付かっていない。途中で捨てたのでなければ、凶器をどこにどうやって隠したのか、という疑問が残る。

普通に考えても、沢村翔太を犯人だと断定することには、かなりの無理が生じるし、解消されない疑問点も多い。

しかし、犯人と背格好が一致しており、衣類や靴も、そう大きくは違っていない。

何より、被害者のバッグを持っていたことが決定的だ。犯人とぶつかり、犯人が落としていったバッグをたまたま手に持っていただけだという説明も胡散臭《うさんくさ》いと言えば胡散臭い。

翔太の言い分を信じて、無罪放免とするには、やはり、大きな疑いが残る。

賢人も話を聞かれたものの、役に立つようなことは何も言えなかった。無線情報を頼りに犯行現場に駆けつけたら、たまたまバッグを手にした若い男に遭遇したというだけのことである。

「なぜ、取り押さえた？」

という質問には、

「わたしを見て、逃げようとしたからです」

と答えた。

翔太の方では、

「なぜ、逃げた？」

という質問に、

「夜道で見知らぬ男がこっちにダッシュしてきたら、誰だって驚くじゃないですか。通り魔にでも襲われるんじゃないかと怖くなったんです」

と答えた。

賢人と翔太、どちらの言い分にも理がありそうだが、どちらかと言えば、翔太の言い分の方が説得力がありそうだ、と幹部たちは考えた。

翔太は犯人なのか、犯人ではないのか、とりあえず勾留して取り調べを行うのか、取り調べをするとして、どういう方針で取り調べに臨むのか、マスコミにはどういう形で発表するのか……そういうことを幹部たちが打ち合わせている。その打ち合わせが長引いているから、待ちくたびれた捜査員たちが居眠りしているのである。

いきなりドアが開き、幹部たちがぞろぞろと部屋に入ってきた。野方署の署長、副署長、刑事課の課長、警視庁捜査一課の渋谷正和課長、平子庸二理事官、最後に宇田川富之管理官である。

「おい、起きろ！」

宇田川が怒鳴る。居眠りしていた捜査員たちが飛び起きる。皆の目が自分たちに向けられていることを確認すると、

「沢村翔太を重要参考人として勾留することを決定した」

宇田川が歯切れよく言う。

（ほう……）

鉄太郎が目を細めて、宇田川の顔を見つめる。

重要参考人という言い方をしているが、実際には幹部たちが翔太を犯人だと断定したのだと捜査員たちにはわかっている。凶器が見付かれば、それが決定打になるだろうし、万が一、凶器が見付からなくても翔太を自供に追い込めば、それで起訴に持ち込むことができる、という判断な

のであろう。

自分は犯人ではないと翔太が言い張っていることや、説明のつかない様々な疑問点をどう解消するのか、そういうことに関する説明は何もない。

幹部たちの話は簡単に終わり、

「ご苦労さまでした。今日はゆっくり休んで下さい」

という野方署の署長の挨拶で締め括られた。

幹部たちが退室すると、捜査員たちが両腕を大きく広げて欠伸をする。私物を片付けると、次々に部屋から出て行く。

「岩隈」

「はい」

「おまえ、野方署に同期がいるんだよな？」

「はい」

「どういう話し合いで、あの若い奴を重要参考人にしたのか、その経緯を探ってくれ」

「え」

「嫌か？」

「そうではありませんが……」

「班長には言うなよ」

鉄太郎が席を立つ。

三

帰宅すると、響子が不機嫌そうな顔で掃除機をかけていた。響子も鉄太郎と同じように感情を隠すのが下手で、喜怒哀楽がはっきり顔に出てしまう性質である。

「おい、どうした？　何かあったのか」

ソファに腰を下ろしながら、鉄太郎が訊く。

「またなのよ。また、やられたの」

「また？　何の話だ」

「家庭菜園よ。中庭の」

「何か盗まれたのか？」

「何かっていうレベルじゃないわ。ひどいの。よくできたものだけ選んで盗んでいくの。他人事《ひとごと》じゃないのよ。うちだって、やられたんだから」

「先週、イチゴを盗られたよな。あれは腹が立った」

「トマトとキュウリを盗られた。それにエダマメ」

「何だと？」

鉄太郎の顔色が変わる。

トマトは大きく健康に、キュウリも太く真っ直ぐに育っていた。収穫してサラダにするのを響子は楽しみにしていた。

もっとも、鉄太郎は、それほどではない。

鉄太郎が期待していたのはエダマメである。冷凍食品としてスーパーで売られている輸入物には風味というものが欠けていて、少しもうまいと思えない。それなら自分で育ててみようと思い立って、丹精込めて手入れをしてきた。いい加減なやり方をすると豆が小さくなる。いかに大きな豆にするか、いろいろ調べて工夫したのだ。その甲斐あって、見るからにおいしそうな大きなエダマメが育った。狭い家庭菜園で育てたから、収穫量は高が知れているが、それでも数日はうまい晩酌を楽しめるだろうと期待していた。そのエダマメが盗まれたと聞けば、鉄太郎の顔色が変わるのは当然である。

「少しは残ってるんだよな？」

「……」

響子が黙って首を振る。

「全部か？」

「そう、全部」

「残ってないのか、まったく」

「そう、まったく」

「うっ……」

突然、鉄太郎は立ち上がると、うおおおお～っと獣のような雄叫《おたけ》びを上げる。

「静かにしてよ。近所から苦情が来るじゃないの」

響子が顔を顰める。

「これが黙っていられるか。信じられん。いったい、誰が盗んでるんだ？」

「それがわかれば苦労しないわよ」

「のんきだな。警察には通報したのか？」

「理事会が警察に被害届を出したみたい。交番からお巡《まわ》りさんが来て、管理人さんから話を聞いて帰ったわ」

「それで？」

「それだけ」

「何もしないのか？」

「しないみたいね」

「あり得ない」

「何を言ってるのよ。あなたも同じ警察官ならわかるんじゃないの？　家庭菜園から野菜や果物が盗まれたと聞いて、いったい、何をしてくれる？　鑑識の職員が来て調べてくれる？　刑事さんたちが聞き込みをしてくれる？」

「まさか……人が殺されたわけでもないのに」

「そうでしょう？　つまり、交番のお巡りさんとしては、こっちの話を聞いて報告書を作って終わりってこと。忙しいんだから仕方ないんだろうけど」

「だが、立派な窃盗罪だ。犯罪なんだぞ。手塩にかけて野菜や果物を作ってきたおれたちの気持ちは、どうなる？」

「海部さんが防犯カメラの設置を理事会に要請したらしいのよ」

「防犯カメラ？　もう何台もあるじゃないか」

「それはエントランスとか駐車場とか、人の出入りの多いところよ。そうじゃなくて、家庭菜園を見張る防犯カメラという意味」

「ああ、そうか。いいじゃないか。防犯カメラで見張れば、誰が盗んだか、すぐにわかる」

「駄目なの」

「駄目？　なぜだ？」

「費用がかかりすぎるって。家庭菜園をやっている人たちのためだけに防犯カメラを設置するのは管理費の無駄遣いだって反対されたらしいのよ。家庭菜園に興味のない人もいるわけだし」

「理事会ってのは誰のためにあるんだ？」

「わたしに当たっても仕方ないでしょう。あなた、警察官なんだから犯人を捕まえてよ」

「おれが？」

「悔しくないの？　エダマメが盗まれたのよ、しかも、根こそぎ」

「許せん」

テーブルを拳《こぶし》で、どんと叩く。

「わかった。おれが捕まえる」

鉄太郎は鼻の穴を大きく広げて宣言する。頭に血が上っている。大切なエダマメを盗んだ奴を許すことはできない。絶対に、だ。自分の手で捕まえて報いを受けさせてやる……そう心に誓う。

四

迷いがなかったわけではない。

しかし、他にどうしようもなかったのだ。

必死に働いても、いつもぎりぎりの生活を強いられ、ろくに食べることすらできない。栄養失調状態で、このままでは餓死するのではないか、と本気で心配しなければならない状況なのだ。

きれい事を口にしている場合ではない。

自分の力では、どうにもならないから、おれだって悩んだ。苦しんだ。

自分が死ぬか、それとも他人から奪うか、そういう二者択一を迫られてしまったのだ。

富は偏在している。真面目に働いても食えない人間がいる一方で、楽をして稼いでいる奴らがいる。そいつらから奪うだけだ。

おれは悪くない。

そうだ、おれは何も悪くない。

世の中がおかしいのだ。

五

七月一二日（日曜日）

賢人はソファに坐り込んで、ぼんやりしている。

久子が近付いて、賢人の肩をぽんぽんと軽く叩く。

賢人がハッとする。

「何だよ、びっくりするじゃないか」

「何度も声をかけたのに返事をしないから。どうしたの、ぼーっとして。具合でも悪いの？」

「ちょっと考え事をしてただけだよ」

「それならいいけど……。一緒に図書館に行かない？　天気もいいし」

「いや、うちにいるよ。ゆっくり考えたいことがあるんだ」

「そう……」

どうしようか迷う様子だが、久子は、

（仕事で悩みでもあるのかしら。無理に聞き出そうとするのは、よくないかもしれないわね）

と考え、

「じゃあ、出かけてくるね。帰りに買い物もするから、三時間くらいかかるかな」

「構わないよ」

「行ってきます」

「行ってらっしゃい」

久子が出かけると、賢人は一人きりだ。家の中がしんと静まり返っている。

（おれは誤認逮捕をしてしまったのか？）

ずっと、それが引っかかっている。

無線で、他の捜査員たちが犯人を追跡していると知り、その現場に必死で駆けつけた。たまたま怪しい男がいて、賢人を見るなり逃げようとしたので取り押さえた。そこに他の捜査員たちも駆けつけ、お手柄だな、と誉めてくれた。その男が沢村翔太だった。

翔太は犯行を頑強に否認した。いくら言い逃れをしても、何らかの明確な証拠があれば相手にされなかっただろうが、証拠はなく、むしろ、翔太が犯人ではないという可能性の方が強まった。

しかし、上層部は翔太の勾留を決めた。それは翔太を容疑者だと断定したことを意味している。

鉄太郎に頼まれ、野方署にいる同期・片岡勝彦に、どういう経緯で、そういうことになったのか探りを入れた。

（ひどい話だ……）

片岡勝彦の話を思い出すたびに溜息が洩れる。

ふと、水槽に目を向けると、ソクラテスが植木鉢から出てきて賢人の方をじっと見つめている。まるで賢人を心配しているかのように見える。

賢人は水槽に近付くと、

「おまえ、おれの心がわかるのか？」

シャツの袖をまくり、水槽の中に右腕を入れてみる。いつも久子は、そうやってソクラテスと触れ合っているのだ。

すぐさまソクラテスは反応し、水槽の底から浮かび上がってくる。何本もの腕をゆらゆらと動かし、その腕が賢人の腕に絡みついてくる。吸盤が腕に吸い付いてきた瞬間、賢人は、あっと叫んで、慌てて水槽から腕を引っ張り出す。

ほんの一瞬だが、言葉に表すことのできない不思議な感覚が体中を走り抜けた。

それをもう一度、試してみようとは思わなかった。

怖さを感じたからだ。

ソクラテスは水面近くにぷかぷか浮かびながら、じっと賢人を見つめている。たまたま目が賢人の方に向いているというのではなく、明らかに意識的に賢人を注視している。

六

七月一三日（月曜日）

朝礼が終わり、鉄太郎が席に戻ろうとすると、

「吉見さん、ちょっといいですか」

賢人が背後から声をかける。

黙ってうなずくと、鉄太郎は席に戻らず、大部屋から出て行く。その後ろを賢人がついていく。

「……」

他の者に聞こえないように押し殺した声で囁く。

「例の件、わかりました」

「ん？」

警視庁内のカフェラウンジに入る。お昼前後は大混雑になるが、それ以外の時間帯は空いている。今も人影はまばらだ。近くに人がいない席を選んで、鉄太郎と賢人が向かい合って坐る。

「あの日、やっぱり、幹部の話し合い、かなり揉めたらしいですよ」

「そうだろうな」

鉄太郎がうなずく。

犯行現場の近くで沢村翔太を現行犯逮捕したものの、犯人だと断定する根拠が曖昧すぎた。被害者のバッグを手にしていたのは事実だが、暗がりから走り出てきた男とぶつかったとき、その男が落としていったのを拾い上げただけだと沢村翔太は主張した。その主張を真っ向から否定するだけの根拠が警察にはなかった。凶器も持っていなかったし、返り血も浴びていない。他にも曖昧な点がいくつもあり、むしろ、翔太の主張が正しく、真犯人は他にいると考えた方がすんなり納得できる状況だった。

にもかかわらず、捜査本部に陣取る幹部たちは沢村翔太を重要参考人として勾留することを決めた。どういう経緯で、そんな不可解な決定が為されたのか鉄太郎は納得できず、野方署にキャリアの同期がいる賢人に経緯を探るように命じたのである。

「うちの課長や理事官は賛成しなかったそうです。犯人だと決めつけるには証拠が十分ではないという理由で」

「当然だ。誰だって、そう考える」

「野方署の幹部たちが渋ったそうです。犯人だと決めつけることはできないとしても、犯人ではないと決めつけることもできないじゃないか、と」

「ふんっ、自分たちの縄張りで凶悪事件が起こっているから、少しでも解決を急ぎたいって腹だったんだろう。勾留して取り調べたい、たとえ証拠がなくても自白させることができれば、それでいい……正しいやり方だとは思わないが、野方署の幹部たちが、そう考えるのはわかる。しかし、うちの課長と理事官が反対すれば、どうにもならなかったはずだぞ」

「双方が譲らなかったので長時間の話し合いになったらしいんですが、どうも途中から管理官が賛成に回ったらしいんですよ」

「トミカが？」

鉄太郎の表情が険しくなる。宇田川富之管理官は、鉄太郎の目から見れば、ろくに現場のことも知らない、無能な出世主義者に過ぎない。

「中野区民を安心させるためにも容疑者を逮捕勾留するべきだと言い出したそうです」

「あの野郎……」

鉄太郎がちっと舌打ちする。

「きれい事を言いやがって。本音は警察の面子《メンツ》を守りたいってことじゃねえか」

「そうなんでしょうか」

「最初の事件が三月で、もう七月だ。捜査本部を設置して、本庁から捜査員を送り込んで、自分が陣頭指揮を執ってるってのに四ヶ月も手がかりなしだ。マスコミにだって叩かれてる。たとえホンボシでなくても、容疑者を逮捕したとなれば、マスコミの批判もかわせるし、ひと息つけるってことさ」

「そんな理由で無実かもしれない青年を勾留するなんて……」

信じられません、と賢人がつぶやく。

「おまえはトミカの本質を知らないんだよ。そういう汚いことを平気でやる男なんだ」

「あ……」

「何だ？」

「いや、未確認情報なので話していいかどうかわからないんですが……」

「もったいぶるな。言え」

「五月の事件で、被害に遭った女性が犯人と揉み合ったじゃないですか。爪に残った皮膚片から犯人のＤＮＡが得られましたよね。そのＤＮＡが沢村と一致しないようなんです」

「ああ、それは仕方ないよな。確か、被害者の女性が風俗嬢で、被害に遭う前に何人かの客とエロいことをしてたから、そのＤＮＡが犯人のものか、客のものか、区別できないんだろう。しかも、客の身元は不明だ」

「つまり、証拠がないということです。もうお手上げじゃないですか。沢村の勾留は解かれるはずですよ」

「甘いな。おまえは何もわかってないよ」

警察ってのは、そんなに甘くないんだよ、とつぶやきながら鉄太郎が伝票を手にして席を立つ。

七

その夜、有楽町《ゆうらくちょう》の居酒屋で三島班の飲み会が開かれた。沢村翔太を逮捕したことで、中野区で起こった連続強盗傷害事件の解決に目処が立ったからだ。六人全員が定時に退庁し、飲み会に参加した。

最初に班長の三島秀俊が挨拶する。

「まだ事件が解決したわけではありませんが、ようやく容疑者を逮捕することができました。この何ヶ月か、犯人の尻尾《しっぽ》もつかめなかったことを考えれば、大きな前進だと思います。捜査本部も縮小されるようだし、わたしたちもお役御免になるかもしれません。ちょっと早いけど、みんなのこれまでの苦労をねぎらいたいのです。ということで、今日は、わたしに奢らせて下さい」

「太っ腹やなあ。そうと聞いたら、今日は食うでえ。腹がはち切れるほど食って飲まんと」

大岡彰彦が嬉しそうに笑う。

「下品ねえ」

隣に坐っている永川和子が顔を顰める。

「本当に大きな前進なんですかね？　そんな言い方をしてもいいのかな」

鉄太郎が首を捻る。

「どういう意味ですか？」

三島が訊く。

「あの沢村っていう若い奴、ホンボシだと思いますか？　どうも、すっきりしないんですがね」

「おいおい、鉄さん、取り調べ中の容疑者についてあれこれ言うのは御法度だぜ」

田代進がやんわりと鉄太郎をたしなめる。

「そうですわ。とりあえず、乾杯しましょ。言いたいことがあるのなら、それからでもええやないですか。飲んで食って、好きなこと言うたらええと思います。岩隈、ぼけっとしとらんでビールや、ビール」

「あ……はい」

賢人が慌ててみんなのグラスにビールを注ぎ始める。和子も手伝う。六人のグラスにビールが注がれると、

「乾杯してもいいですかね？」

三島が鉄太郎に気を遣って言う。

「いいですよ。みんなの邪魔をするつもりはありませんからね」

ぶすっとした顔で鉄太郎がうなずく。

「ありがとう。じゃあ、みんな、乾杯だ」

「乾杯」

「乾杯」

皆がグラスを手に、唱和する。

「で、さっきの話ですがね……」

鉄太郎がまた事件について語ろうとすると、

「まずは飲もうや。ぐっといこう、ぐっと」

田代が鉄太郎のグラスにビールを注ぎ足す。

「ああ、そうだな」

鉄太郎が飲むと、田代に代わって、今度は和子が注ぎ、その次は三島が、更に賢人が、大岡が、というように矢継ぎ早に鉄太郎に飲ませる。皆、鉄太郎とは長い付き合いなので、素面《しらふ》のままで面倒な話をさせると厄介だが、酔わせてしまえば、どうにでもなるとわかっているのだ。

実際、そうなった。

酔いが回って顔が赤くなり、目がとろんとしてくる頃には、ややこしい話をしなくなった。

そして、いつもの吉見節、すなわち、退職後の第二の人生について滔々《とうとう》と語り始める。

みんな、耳にタコができるほど何度となく聞かされているから、さすがにうんざりするが、それでも事件に関してややこしい話をされるよりはましだと思うから黙っている。鉄太郎が勝手にしゃべっている内容は右から左にスルーして、自分たちは別の話をすればいいだけのことだ。真剣に耳を傾けているのは田代だけである。

居酒屋で一次会、カラオケ店で二次会というのが、三島班の飲み会の定番だ。

鉄太郎は歌を勧められても、

「おれみたいな下手くそが歌うと耳障りだろう。おまえらが歌えよ」

と最初は謙遜して、なかなかマイクを握ろうとしない。他の者たちが一通り歌って、

「ほら、鉄さんも歌わないとさ」

と、田代が勧めると、

「そうか。仕方ねえなあ」

いかにも渋々という感じでマイクを手に取る。

一曲目は細川《ほそかわ》たかしの「北酒場」と決まっている。ソファに坐ったまま歌うのではなく、ちゃんとステージに上がって歌う。派手ではないが、振りもつける。

「やっぱり、鉄さんはうまいなあ」

「やめろって。お世辞はいらねえよ」

「次は小林旭《こばやしあきら》だろ?」

「おれは、いいって」

「まあ、そう言わずに」

田代に勧められるまま、鉄太郎は「熱き心に」を熱唱する。こうなると、エンジンが温まり、

いつでもエンジン全開にできるという状態になる。沢田研二《さわだけんじ》の「勝手にしやがれ」、平浩二《たいらこうじ》の「バス・ストップ」、尾崎紀世彦《おざききよひこ》の「また逢う日まで」、河島英五《かわしまえいご》の「酒と泪《なみだ》と男と女」……いつ果てるともなく、鉄太郎が歌い続ける。

他の者たちが文句も言わずに鉄太郎に歌わせているのは、歌もそれほど下手ではないし、何より面倒なことがないからだ。酔っ払っているときは、大抵は機嫌がいいが、何かの弾みで機嫌が悪くなると、ねちっこく絡んでくる。そうなると厄介なのだ。ステージに上げておくのが無難なのである。

そんな周りの気遣いなど何も知らぬげに、鉄太郎は気持ちよく歌い続ける。

八

七月一四日（火曜日）

鉄太郎がやる気のなさそうな顔で出勤する。二日酔いで頭が痛い上に、カラオケの歌いすぎで喉《のど》も痛む。席に着き、自販機で買ってきたブラックの缶コーヒーを飲み始める。一本飲み干しても頭がすっきりしないので、もう一本買ってこようと席を立つ。

廊下に出ると、

「吉見さん」

エレベーターホールの方から賢人が慌てた様子で駆け寄ってくる。

「おう、どうした？　おまえも二日酔いか？」

「沢村翔太、落ちたそうです」

「ん？」

鉄太郎の表情が険《けわ》しくなる。

「ゲロしたってか」

「起訴するそうです」

「凶器も見付かってないのにか？」

「供述調書だけで何とかできるという考えなんですかね」

「だけど、ＤＮＡも面通しも駄目だったんだろう」

「残りの四件で起訴するつもりなんじゃないですか」

「はっきりした証拠のある一件を除外するってことか？　馬鹿馬鹿しい。どうせ、強引なやり方をして、こっちの都合のいいように誘導したんだろうが、裁判で供述を翻《ひるがえ》されたら、どうなるんだ？　トミカが笑われるだけならいいが、警察全体が笑いものになるんだぞ」

「声が大きいです」

周囲を見回しながら、賢人が口の前に人差し指を立てる。

「構うもんか。バカをバカと言って何が悪い」

缶コーヒーを買うと、肩を怒らせて大部屋に戻る。

朝礼でも、沢村翔太が自供し、起訴することが決まったことが宇田川管理官から告げられた。捜査員たちの間から、おおーっという低いどよめきが起こったのは、逮捕から数日で自供に追い込んだことに感心しているのであろう。

しかし、よくよく彼らの顔を見れば、事件が解決したことを単純に喜んでいる者はほとんどいない。戸惑ったような、複雑な表情をしている。

やはり、誰もが鉄太郎と同じように、

（本当に大丈夫なのか？）

という疑念を抱いているせいであろう。

朝礼が終わると、鉄太郎は席に戻り、捜査報告書を読み直した。

最初の犯行が起きた三月六日から、翔太が逮捕された七月一〇日深夜までの一連の流れを改めて確認していく。

五つの事件のうち、五月八日の事件で犯人のＤＮＡが採取されたが、それは翔太のＤＮＡとは一致しない。それを承知で起訴に持ち込んだのは、その事件が他の四件とは趣を異にしているからに違いない、と鉄太郎にもわかる。

つまり、他の四件では、女性の背後からそっと忍び寄った犯人が一撃で女性を刺して抵抗力を奪っているが、この事件だけは、女性の激しい抵抗に遭っている。だからこそ、ＤＮＡが残ったのだ。

ふたつの見方ができる。

ひとつは、犯人の手際が悪かったということだ。

一番目と二番目の事件では、犯人は手際よく、短時間で犯行を終わらせている。

三番目の事件だけ手際が悪いのは、模倣犯だったからだ、とも考えられる。

但し、その場合、強盗傷害事件の犯人は二人いることになるから、たとえ翔太が四件の事件の真犯人だったとしても、あとの一人を逮捕するまで事件は解決したことにはならない。

もうひとつは、三番目の事件の被害者が他の被害者とは違っていた、ということである。市村早苗には護身術の心得があり、相手が体格で勝る男であろうと、そう簡単にねじ伏せられることはないのだ。

ただ気になるのは、市村早苗自身、背中に痛みを感じるまで、犯人が忍び寄ってきたことに気が付かなかった、と話していることである。

とすれば、犯人は、一番目と二番目の事件と同じように一撃で市村早苗の抵抗力を奪うことができたはずなのに、それに失敗している。現に市村早苗は、他の被害者に比べると刺された傷が浅く、それほどの深傷《ふかで》を負っていない。

そういうことを考え合わせると、三番目の事件とそれ以外の事件を切り離して考えるのは、それなりに根拠のあることであり、そう荒唐無稽でもない。

が……。

そういう発想で、宇田川管理官が翔太を自供に追い込み、起訴することを決めたのではないことが、鉄太郎にはわかる。

なぜなら、模倣犯が存在するのであれば、その模倣犯を逮捕するまで事件は解決したことにならないわけだから、捜査態勢を縮小することなどあり得ないからである。

しかし、実際には、今後の捜査は野方署と中野署だけで行い、警視庁の捜査員はお役御免になる。そこに不愉快な政治的な駆け引きの臭いがする。

とりあえず、事件が解決したとアピールすることで、警視庁は面子を守ることができる。

万が一、模倣犯が新たな事件を起こしたら、そのときに初めて、一連の事件は、真犯人と、その模倣犯によって引き起こされたことが判明した、と発表するつもりなのだ。

もし模倣犯が新たな犯行を起こさなかったら、どうなるのか？

（そのときは、知らん顔をして、頬被りするつもりなんだな）

鉄太郎は警察の非情さをよく知っている。その非情さの権化が宇田川管理官なのだ。

（沢村翔太か……）

捜査報告書には、翔太のプロフィールも添付されている。

一九九三年四月二六日生まれ、二二歳。

身長一七五センチ。Ａ型。

出身は青森県弘前《ひろさき》市。

実家は農家。主にニンニクや長芋を栽培。

都内私立大学の四年生。

前科なし。犯歴なし。

杉並区のアパートで一人暮らし。

「ふうむ……」

どこにでもいるような、ごくありふれた地方出身の大学生という感じがする。

（本当にこいつが犯人なのか？）

プロファイリングによって描き出された犯人像と重なる部分もないではないが、食い違っている部分も多い。何より、刑事としての鉄太郎の直感が、

（こいつは違う気がする）

と言っている。

笑い声が聞こえたので何気なく顔を上げると、何人かの捜査員に囲まれて、宇田川管理官が機嫌よさそうに笑っている。事件解決おめでとうございます、などとお追従《ついしょう》を並べられて喜んでいるのだろう、と思った。そのへらへらした薄ら笑いを見ていると、何とも言えず、胸がむかむかしてきて吐き気を催しそうになる。知らん顔して黙っているのが処世術というものだとわかってはいるものの、そんな小賢《こざか》しいことができないから定年間近になっても巡査長なのだ。この期に及んで、言いたいことを我慢するくらいなら、とっくの昔に警察など辞めている。

引き攣った顔で席を立つと、つかつかと宇田川管理官に歩み寄り、

「随分、嬉しそうじゃないですか。何かいいことでもあったんですか？」

ああ、また言わずもがなのことを言っている、誰が見たって露骨に喧嘩を売っている……そう自分でもわかっているが、今更、止めようがない。

「おまえか。何の用だ？」

宇田川がじろりと鉄太郎を睨む。

「本気で沢村翔太を犯人だと思ってるんですか？」

「もう終わったことだ。うだうだ言うな」

宇田川が嫌な顔をする。

「あいつを犯人だと決めつけた根拠がわからないんですよ」

「おまえの知ったことか」

宇田川が舌打ちする。

「念のために訊きますが、模倣犯がいると考えてるんですか？」

「ん？　何の話だ？」

その反応を見て、宇田川がいくつかの可能性を考えた上で沢村翔太を起訴するわけではなく、何もかも沢村翔太に罪を負わせて事件に幕を引こうとしているのだと鉄太郎にはわかった。

「他に真犯人がいたら、どうするんですか？　沢村に罪をなすりつけるために、しばらく身を潜めて犯行を控えるかもしれませんよね？」

「結構じゃないか。連続傷害事件が終わるのなら、大いに結構だ」

「おい、てめえ、本気で言ってるのか？」

鉄太郎がカッとなる。

「この野郎、今何と言った？　てめえ呼ばわりしたな。おれは管理官なんだぞ」

「ああ、わかってるよ。クソ間抜けな、クソ管理官だろうが。てめえのようなクズが警察にいるから冤罪《えんざい》が生まれるんだよ。警察のバッジを持ってるのなら、何の疑問もなくなるまで徹底的に捜査したらどうなんだよ。誤認逮捕して、真犯人を野放しにして、もし新たな犯行が起こったら、どう責任を取るつもりなんだよ」

「黙れ！」

宇田川が鉄太郎に殴りかかる。

そのパンチを腰を屈めてかわすと、鉄太郎が宇田川の左顔面に右フックをお見舞いする。

宇田川がよろよろと何歩か後退《あとずさ》るが、すぐに体勢を立て直して、今度は鉄太郎の鼻面にストレートをお見舞いする。柔道や剣道はまるで駄目だが、ボクシングだけは、そこそこうまい。なぜかと言えば、子供の頃にスタローンの『ロッキー』を観て感動し、通信教育でボクシングを学んだせいである。当時は通信教育で空手やボクシングを教えます、という広告が漫画雑誌に載っていたのである。

二人が殴り合いを始めたのを見て、周りにいた捜査員たちが大慌てで止めに入る。

九

「吉見さん」

班長の三島が戻ってくる。顔色が悪い。

いかなる理由があるにしろ、職場で部下が上司に暴言を吐き、殴り合いをするなどということは一般社会では許されることではない。まして警察社会というのは厳格なピラミッド社会であり、階級の上下関係は絶対なのだ。管理官と巡査長が殴り合いの流血沙汰を起こすなどというのは前代未聞である。

直ちに課長や理事官が刑事部長に呼ばれ、鉄太郎にどのような処分を下すか話し合いが行われた。そこに三島も呼ばれたのだ。

名前を呼ばれて、鉄太郎がスポーツ新聞から顔を上げる。左目の上と左頬が腫《は》れている。鼻の穴に丸めたティッシュを詰めているのは鼻血が止まらなかったからだ。ワイシャツの襟にも血が付いている。

ひどい顔だが、宇田川も同じくらいひどい顔をしている。双方が鼻血を出したせいで流血沙汰になったのである。

「とりあえず、今日は帰って下さい。明日も出勤しなくて結構です。有休扱いにしますから」

「どうせなら今週いっぱい休むかな」

ははは、と鉄太郎が笑うと、それでも結構です、と三島が真顔でうなずく。

「向こうは、どうなるんです？」

田代が訊く。

「特には」

「こっちだけが悪者ですか」

田代が憤慨する。

「仕方ありませんがな。管理官をクソ間抜け、クズとまで罵《ののし》ったんやから。停職くらい覚悟せなあかんでしょ」

大岡がのんびりした口調で言う。

「いいじゃない。本当のことなんだから」

和子が鉄太郎を庇《かば》う。

「たとえ本当のことでも、心で思ってることを何でも口に出したらあかんよ。人間関係が成り立たんがな。それに、いくら何でも冤罪云々《うんぬん》は、まずかったんと違いますか？　沢村の起訴が決まった直後やし、マスコミにでも洩れたらえらいことになりますがな。幹部の皆さんも、それで大慌てしたんやないんですかね」

「吉見さん、念のために言いますが……」

三島の表情が強張っている。大岡の言葉が図星だったらしい。

「ご心配なく。マスコミにチクるような真似はしませんよ」

さばさばした顔で、鉄太郎が帰り支度を始める。

一〇

「あら、随分早いじゃないの」

午後の早い時間に鉄太郎が帰宅したので、響子が驚く。

「それに……どうしたの、その顔？」

「ああ、久し振りに道場で汗を流した。若い奴らに投げられて、このざまだ」

「無理しないでよ。定年間近なんだから怪我なんかしたら大変よ」

「間近ってことはない。まだ一年以上も先だろ」

「自分の年齢を考えてほしいという意味よ。若いつもりでも確実に体力は落ちてるんだから」

「わかってるよ。だから、無理しないで早上がりしたんだ」

「少し横になったら？」

「大丈夫だって」

鉄太郎が苦笑いをする。

「お茶をくれないか」

「はい」

響子が台所に立ち、ケトルでお湯を沸かす。

五分後に緑茶を淹《い》れてリビングに戻ると、鉄太郎はソファに坐ったまま眠り込んでいた。ネクタイを緩めただけで上着も脱いでいない。起こした方がいいかしら、と迷ったが、気持ちよさそうに寝ているので、そのまま寝かせておくことにした。


二時間ほど後……。

鉄太郎がぼんやりした顔で目を開ける。呆《ほう》けたような顔で天井を見上げる。自分がどこにいるのか、すぐにはわからないらしい。

（ああ、そうだった……）

トミカと殴り合いをして、それが問題になり、自宅に帰るように命じられたのを思い出した。だから昼過ぎに帰宅し、明日も出勤に及ばず、ということになったのだ。

（おれもバカだねえ）

周りに捜査員がたくさんいる場所で宇田川を罵倒し、向こうから先に手を出したとはいえ、上司にあたる管理官を殴ったのだ。ただで済むはずがない。

定年まで、もう二年を切っている。ここで問題を起こして重い処分を受ければ、退職金にも影響するかもしれない。いいことなど何もないのだ。

そもそも、鉄太郎の年齢であれば、とっくに現場を離れて閑職につき、定年までの日々を穏やかに大過なく過ごすのが普通の流れだ。鉄太郎自身が現場に残ることを強く望み、それを要求できるだけの実績を残してきたから、今でも第一線で捜査活動に従事している。言うなれば、特例措置である。今回の件で、いくら捜査員として優秀でも、職場で問題を起こすような奴は、やはり駄目だ、と上層部が考えを変えるかもしれない。日がな一日、資料整理をして過ごすような内勤業務に転属させられるかもしれない……そんな気もする。

だからといって、自分のしたことを悔いてはいない。トミカのようなバカには、あれくらいはっきり言わなければわかるはずがない、あいつは警察官の面汚しだ、トミカに追従笑いをしていた捜査員たちにしても、腹の中ではトミカのやり方がおかしいことはわかっているはずだ、にもかかわらず、それを口に出せないのは保身のためであろう、おれが言わずに誰が言う、という気持ちなのである。

テーブルに手を伸ばし、湯飲みを手に取る。冷めた緑茶を啜《すす》る。

「おい、いないのか？」

響子を呼ぶが返事はない。家の中は、しんと静まり返っている。買い物にでも行ったのかな、それとも、またテニスか、と首を捻る。風呂に入って酒でも飲もうかとも思うが、まだ外は明るい。それに酒など飲んだら悪酔いしそうである。

「散歩にでも行くか」

とりあえず着替えをする。

リビングで、ルビーとアップルが寝そべって昼寝をしている。

「おい、おまえたち、たまには、おれと散歩に行かないか？」

声をかけるが、ルビーはまったく反応しない。

アップルは顔を上げ、どうしようかと迷う様子で、じっと鉄太郎を見つめるが、やがて、のそのそと立ち上がる。

「よしよし、一緒に行くか」

リードを手にして玄関に向かうと、アップルものろのろついてくる。さして嬉しそうな様子ではない。仕方なくついていってやる、という感じである。

一一

一時間ほどアップルと一緒に近所を散歩して、鉄太郎はマンションに戻って来た。エレベーターホールに行きかけるが、ふと思い直して中庭に行くことにする。家庭菜園を見に行こうと思ったのだ。

平日ということもあり、中庭には人の姿が少ない。

これが土日だと、家庭菜園に手を入れる人もいるし、芝生で遊ぶ子供たちも少なくない。遊具はないので、遊具で遊びたいような子供はマンション外の公園に行くことになるが、都心のマンションにしては珍しく、広い中庭があるので、ボール遊びや鬼ごっこくらいはできる。すぐ近くに公園があるわけではなく、公園に行くには車通りの激しい場所を通らなければならないから、小さな子供のいる親とすれば、公園に行かせるより、マンションの中庭で遊ばせる方が安心なのである。

（ん？）

家庭菜園の傍らに小さな女の子がしゃがみ込んでいる。親について来たのだろうか、と周囲を見回すが、それらしい姿は近くには見えない。

鉄太郎がゆっくり家庭菜園に近付いていく。アップルは滅多に吠えないので、その女の子も鉄太郎たちに気が付かない。最初は小学校一年生か二年生くらいかと思ったが、近付いていくと、小柄ではあるものの、それほど幼いわけではないと気が付いた。小学校四年生か五年生くらいであろう。

「お嬢ちゃん、君一人なの？」

鉄太郎が声をかける。

その途端、女の子はバネのように跳び上がり、鉄太郎を恐ろしげに一瞥《いちべつ》すると、脱兎《だっと》の如く走り去ってしまう。

「何だよ、そんなに驚かなくてもいいじゃないか。おれの顔が怖かったのかなあ」

鉄太郎がぼやく。

すると、背後から、おほほほっ、という女性の笑い声が聞こえる。振り返ると、海部敏子である。おしゃべりで知りたがりの専業主婦だ。このマンションの情報通である。

「別に吉見さんの顔を見て、びっくりしたわけではないと思いますよ」

鉄太郎のぼやきを聞いていたらしい。

「はあ、そうですかね」

「ああいう子なんですよ。よく一人で中庭をうろうろしているけど、他の子供たちと遊ぶわけでもなく、こっちが挨拶しても、向こうからは挨拶を返して寄越さない。こう言っては何ですけど、かわいげのない子ですよ。中学受験を目指して進学塾に通わせているらしいけど、そんなことをする前に、まずは常識的な礼儀作法を教えるべきじゃないかと思うんですけどね」

「このマンションの子ですか？」

「あら、嫌だ。吉見さんと同じ棟ですよ。最上階に住んでいる多田野さん、ご存じない？」

「ああ、そう言えば……」

十日ほど前の日曜日、多田野一家の乗った高級車に危うく響子が轢《ひ》かれそうになったことを思い出した。

「ご主人の明夫《あきお》さんは外資系の有名企業に勤めているらしくて、かなりの高給取りという噂ですよ。だから、最上階の広い部屋に住んで、高級車にも乗れるんでしょうね。奥さんの晴美《はるみ》さんは専業主婦。週に一度はネイルサロンや美容院に行くんですって。羨ましいですよねえ。こっちはネイルサロンなんか行ったこともないし、美容院だって三ヶ月に一度くらいしか行けませんよ。ママ友とランチをしたり、銀座にお買い物に出かけたり、ご夫婦でテニスをしたり、ゴルフをしたり……ああ、溜息しか出ないわ。長女の真帆《まほ》ちゃん、さっきここにいた子ですけど、今は五年生で、進学塾に通っているだけでなく、ピアノとバレエも習ってるんですよ。六年生になったら勉強に集中するんでしょうけどね。長男の芳樹《よしき》君は二年生だから、まだ塾には行ってないみたいですけど、英会話とテニスは習っているらしいの。すごいでしょう？　絵に描いたようなセレブ一家ですもの」

「何でも、よくご存じですね」

「あら、自然と耳に入ってくるんですよ。このマンション、人と人の繋がりが割と密だから。吉見さん、まだ理事になったことないでしょう？」

「ありません」

「やってみるといいですよ。理事になるのを嫌がる人が多いけど、自分たちの住んでいるマンション運営について話し合う場なんだから、積極的に参加するべきですよ。お友達もできるし、やり甲斐もありますよ。吉見さん、もうすぐ定年退職なさるんですよね？　時間ならあるんじゃありませんか」

「定年は、再来年です」

「うちの夫もそうだったんですけど、仕事人間が定年退職して、突然、仕事に行かなくなると、毎日をどうやって過ごしていいかわからなくなるらしいんですよ。人によっては、それが原因で鬱になったりすることもあるらしいんです。うちのも大変でした。だから、今のうちから定年後も続けられることを少しずつ始めておいた方がいいですよ。急に暇になると時間を持て余すから、わざと忙しくしておくんです。理事なんか、ぴったりですからね。まあ、余計なアドバイスかもしれませんけど」

「ありがとうございます。しかし、定年後に何をするかは、もう考えていますので」

「まあ、すごい。何をなさるんですの？」

敏子が興味津々という顔で目をキラキラ光らせる。

（こんな女にしゃべったら、あっという間にマンション中に知れ渡っちまうだろうな）

敏子と長話したことを後悔しながら、

「すいません。もう帰らないと……。失礼します」

そそくさと、その場から立ち去る。

一二

七月一五日（水曜日）

有給休暇である。

そう言えば体裁はいいが、実際には処分が決まるまで出勤に及ばずという意味で強制的に取らされた有給休暇だから、いいのか悪いのかわからない。

冗談のつもりで、今週いっぱい休もうかと口にしたら、本当に休むことになった。

もちろん、処分が決まれば呼び出されるが、連絡がなければ今週は出勤する必要がない。

せっかくまとまった休みがもらえたのだから旅行にでも行きたいところだが、それほど甘くはない。呼び出しがあれば、すぐに応じなければならないので遠出はできないのだ。

とは言え、前向きに考えれば、週末も含めて五連休である。遠出さえしなければ、何でもやりたいことができる。

が……。

鉄太郎は、それほど前向きでも能天気でもない。

そもそも、なぜ、年中忙しい忙しいと仕事ばかりしているのに、突然何日も続けて有休を取ることができたのか、と響子が訝るに決まっている。

とても正直に説明する気にはならない。上司と殴り合ったなどと言えば、響子は悲鳴を上げて大騒ぎするに違いない。それがわかっているから、顔の怪我も柔道の稽古のせいだと取り繕《つくろ》ったのである。今更、あれは嘘でした、などとは口が裂けても言えない。

だから、鉄太郎はいつもと同じように家を出た。有休の件は響子には秘密にするつもりなのだ。当然、響子はいつも通り仕事に行くものだと思い込んでいる。それでいいのだ。何も知らなければ余計な心配をすることもない。

自宅の最寄り駅は高円寺である。通勤には便利で、中央線の快速で四《よ》ツ谷《や》まで行き、丸ノ内線に乗り換えれば霞《かすみ》ケ関《せき》まで三〇分もかからない。短い乗車時間だが、最も混雑する時間帯に出勤することになるので、満員電車には辟易している。これぱかりは何年経っても慣れることがない。もっとも、大部屋には千葉や埼玉の奥にマイホームを構え、片道二時間かけて通勤している捜査員もいるから、それを思えば、鉄太郎の不満など不満のうちに入らないのかもしれない。

（今日は楽でいいな）

今日の目的地は中野である。電車で一駅、わずか二分で着く。これくらいなら、どれほど車内が混み合っていても我慢できる。

中野に着くと、駅の近くの喫茶店に入る。ラックに置かれているスポーツ新聞を手に取って席に着く。カウンター席を含めると三〇人くらいは入ることができそうな店で、今は八割くらいの席が埋まっている。

コーヒーを頼もうと思ったが、ふと何気なくメニューに目を留めると、コーヒーを単品で頼むのと、モーニングセットを頼むのとでは一五〇円しか違わないことに気が付く。元々がせこい性質だから、自宅で朝ごはんを食べてきたにもかかわらず、モーニングセットを頼むことにする。トーストとサラダ、ハムエッグ、それにヨーグルトと飲み物がつく。

いつもの習慣で、ついスポーツ新聞を読みそうになる。食事しながら新聞を読んだり、テレビでニュースを観たりするのが癖になっているのだ。

「いかん、いかん」

スポーツ新聞を畳んでテーブルの隅に置き、手帳を取り出す。警察手帳ではなく、雑記帳として持ち歩いている手帳だ。

鉄太郎はひどい悪筆で、その字は、みみずがのたうっているようにしか見えない。本人以外が解読するのは至難の業である。妻の響子ですら判読できないほどなのだ。

（三月六日……）

最初の事件が起こった三月六日から、沢村翔太が逮捕された七月一〇日までの事件の流れを確認する。おおよその流れは頭に入っているが、何か忘れていることがないか、何か見落としていることがないか、それを確かめるための作業なのである。

「ううむ……」

鉄太郎の眉間に皺が寄る。

やはり、沢村翔太の逮捕に違和感を覚える。翔太の供述と、逮捕の根拠とされる事実を比べると、供述の方が正しい気がするのだ。

翔太が犯行を自供したという事実は、鉄太郎にとっては重要ではない。これまで逮捕歴もなく、ということは、警察の厳しい取り調べを経験したこともないような人間に、自分がやってもいないことをやったと認めさせるのは、さして難しいことではないのだ。この苦しさや辛さから逃れるためなら何でもする、何でも認める、だから、もう許してほしい……そういう精神状態に追い込めばいいだけである。

用意してきた中野区の地図をテーブルに広げる。その地図には、一連の犯行が起こった場所と日時を書き込んである。

ひとつひとつの犯行の状況を手帳で確認しながら、その犯行場所を地図で確認していく。

一時間ほどで喫茶店を出る。

中野駅を出発点として最初の犯行現場に歩いて行く。どういう道筋を辿ったかということは、一人一人の被害者に確認してあるので同じように歩くのだ。

午前中だから人通りも車通りもあるが、これが深夜であれば、あまり人通りもないだろうし、かなり淋しいだろう、こんな道を女性が一人で歩いて行くのは心細いだろうな……そんなことを考える。

それぞれの現場に着くと、しばらく、その場に佇《たたず》んで周囲の景色を眺める。何の変哲もない、ありふれた住宅ばかりである。ほんの数ヶ月前、ここで凶悪な事件が起こったとは、とても信じられないほど平凡で静かな場所だ。

単独の事件であれば、強盗傷害事件として捜査するだけでなく、物取りに見せかけた顔見知りの犯行という線も疑うから、被害者の周辺の人物も捜査対象になる。実際、四月一〇日に第二の犯行が起こるまで、捜査陣は怨恨による犯行という線を捨てず、被害者である佐野友理奈の身辺を徹底的に調べた。

これまでの五人の被害者は互いに面識はなく、共通の知り合いもいない。風俗店やキャバクラで働いているが、同じ店で働いているわけではない。被害者たちに共通しているのは帰宅時間が遅いことと通勤に中野駅を利用していることくらいだ。

（同じようなタイプの女性ばかりを狙っている）

被害者たちは夜道を一人で帰宅し、多額の現金を持っていたり、高価なジュエリーを身に着けていたりした。

犯人が女性を狙うのは男性に比べて抵抗する力が弱いからであろう。背後からそっと忍び寄って、声もかけずに、いきなり背中を刺すというやり方には人間らしさがまったく感じられない。この犯人は、よほど冷酷な人間に違いない、と鉄太郎は思う。

（二〇代から三〇代の若い男。痩せ形で無口。顔色はよくない。暗い目をしている。お洒落ではなく、むさ苦しい奴……）

鉄太郎の脳裏に犯人像が描き出されていく。別に専門的なプロファイリングをしたわけではなく、長年の捜査経験から、そんな犯人像が思い浮かぶのである。

（きっと犯人は近くに住んでるな。そんなに遠くないはずだ。何度も通った場所で女性を襲ったに違いない）

心の底からふつふつと怒りが湧いてくる。それが鉄太郎の行動のエネルギーになる。

日が暮れるまで、鉄太郎は現場周辺を歩き続ける。

一三

七月一七日（金曜日）

木曜も中野の事件現場を歩き回って疲れたので、今日はのんびり過ごすことにした。響子には有休を消化するために強制的に休まされたと嘘をついた。外出したのはアップルを散歩させたときと、家庭菜園に手を入れるために中庭に出たときくらいで、あとは、うちでごろごろしている。

響子はテニスに出かけたので一人きりだ。

携帯が鳴る。出ると、班長の三島秀俊である。

近くまで来たので会えないか、という。

直感的に、

（よくないことだな）

と悟る。

わざわざ鉄太郎の自宅近くまで足を運んで来るというのは、何か悪い知らせを持ってきたに違いない。了解し、二〇分後に駅前の喫茶店で会うことにする。

鉄太郎が喫茶店に入ると、三島は窓際のテーブル席に坐っていた。冴えない顔をしている。

「お待たせしました。これでも、できるだけ急いだんですけどね……」

そう言いながら、鉄太郎が席に着くと、

「すいません」

いきなり三島が頭を下げ、鉄太郎に一週間の自宅謹慎処分が決まったことを告げる。

「何とか、もっと軽い処分で済ませようとしたんですが駄目でした。自分の力不足です。申し訳ありません」

また深々と頭を下げる。

「いいよ、いいよ、班長のせいじゃないんだから」

鉄太郎は苦笑いをすると、注文を取りに来た店員にコーヒーを頼む。

「管理官が先に手を出したわけですから、吉見さんだけが処分されるのはおかしいんです。しかし、上としては、大勢の捜査員が見ている前で、上司である管理官を殴ったのは、どうしても見過ごすことはできないという考えのようなんです。自分としては納得できないのですが、最終的には部長が決めたことらしいので、この決定を覆すことはできませんでした」

「だから、もういいって」

運ばれてきたコーヒーを飲みながら、鉄太郎が言う。

「わざわざ班長が知らせに来てくれたってことは、月曜日から謹慎しろってことなのかな？」

「そういうことです。一週間といっても月曜は祝日ですから、厳密には火曜から金曜まで、実質四日間の謹慎ということになります。これは有休扱いにはできず、欠勤扱いになりますから、その分、月給が減りますし、ボーナスも若干減るかもしれません」

「仕方ないよ。最悪、現場を外されることも覚悟してたからね。その程度の処分で済むなら、かえってありがたいと思わないといけないさ」

「そう言ってもらえると、わたしも少しは気が楽になりますが……」

　ホッとした様子で、三島がコーヒーカップを手に取る。

「二人だけだから腹を割って話しましょうや。班長は、あの若い男が犯人だと思ってるんですか？」

「え」

　三島が口からコーヒーを吐き出す。慌ててナプキンで口許やテーブルを拭う。

「そんなに慌てなくてもいいでしょう」

「別に慌てたわけではないのですが、ちょっと驚いてしまって……」

「言えませんかね？」

「思ってません」

「ん？」

「犯人ではない気がします」

「やっぱり」

「家宅捜査でも何も出なかったそうです。事件と結びつく証拠が何もないのに、どうして犯人だと断定できますか？」

「声が大きいよ」

シーッと口の先に人差し指を立てて、鉄太郎が周囲を見回す。空いているので、そばに他の客はいない。離れているところにいる客たちも鉄太郎たちに注意を払っている様子はないものの、人に聞かれていい話ではない。

「押収したパソコンから、いろいろと気味の悪い画像や資料が見付かったそうですが、事件と直接結びつくようなものではないそうです」

「気味の悪い画像や資料って？」

「海外の連続殺人犯に関する記事や写真らしいです。犯人の顔写真とか、現場写真とか、被害者の遺体の写真とか……。世の中には凶悪な犯罪者を崇拝するマニアックな連中がいるらしいんですよ。シリアルキラーマニアですね。そういう連中が集まるサイトもたくさんあるそうです。あの若者もマニアの一人なのかもしれません。あの夜、現場近くをうろうろしていたのも、中野で起こった事件に興味があったからだと話しているそうです」

「中野に住んでいるわけではないよね？」

「違います。アパートは杉並です。通っている大学の近くですね。中野と杉並は隣同士ですが、それでも微妙にプロファイリングから外れますね」

「ふんっ、トミカの好きなプロファイリングか」

鉄太郎が鼻で嗤《わら》う。

「不審な点は、他にもあります。大学生にしては金回りがいいんですよ。貯金は、八〇〇万以上あります」

「それは、すごいね」

「ええ、しかも、本人は何のバイトもしていません。実家が裕福なわけでもなく、仕送りも受けていません」

「じゃあ、どうやって？」

「本人はギャンブルで儲けたと言ってます。主に競馬ですね」

「信じられないなあ」

「はい、信じられません。ですが、それが嘘だと否定する根拠がないのも事実なんです」

「怪しい点がいくつもあるから、シリアルキラーマニアの大学生を誤認逮捕して、力尽くで自白させて、本当に起訴して裁判にかけるという話なんですか？」

「たぶん、無理だと思います」

三島が首を振る。

「腕のいい弁護士がつけば、強引な取り調べで自白を強要されたと主張するはずですし、残念ながら、それは事実です。しかも、まずいことに、沢村は取り調べ中に何度か失禁しています」

「失禁？　小便を洩らしたんですか」

「ええ。生まれつき膀胱《ぼうこう》が小さいらしく、トイレが近いそうなんです。こっちは、そんなことを知らないから、一時間毎にトイレに行かせてくれというのを、ふざけるな、真面目に答えろと怒鳴りつけてしまったんですよ」

「で、トイレに行かせないで洩らした？」

「はい。しかも、一度ではなく、何度も」

「まずいじゃないですか」

「まずいですね。欧米では、拷問と判断されてもおかしくないそうですから、かなりまずいと思います。しかもですね……」

三島が声を潜める。

「これだけは絶対に他言無用で願います」

「わかってますよ」

「三番目の被害者、市村早苗さんですが」

「ああ、犯人と格闘した人ですね。爪に残っていたDNAが沢村のものと一致しなかったんですよね」

「DNAに関しては、市村さんの仕事が特殊なこともあり、犯人のものではない可能性は最初から疑われていました。実は、他にもまずいことがありましてね」

「と言うと？」

「他の被害者たちは、いきなり背後から刺されて倒れたので、犯人の姿をほとんど見ていません。かろうじて、犯人が走り去る後ろ姿を見た程度です。しかし、市村さんは犯人と揉み合ったので、犯人の顔を真正面から、すぐ目の前で見ています。もちろん、暗い場所だったので、曖昧な部分はありますが……」

「で？」

「面通ししてもらったんですが、駄目でした。自分を襲ったのは沢村翔太ではない、とはっきり言いました。それこそ暗い場所で揉み合ったわけだから、違うとは断言できないのではないか、と捜査員が食い下がったそうですが、いくら暗かったとしても真っ暗闇ではなかったから、犯人の顔をちゃんと見た。あの人は犯人とは全然違う……そう言ったそうなんですよ」

「あ〜っ、もう完璧に終わりだな」

「市村さんの事件を他の事件と切り離して起訴するつもりだったようですが、検察が難色を示していると聞きました」

「難色もクソもない。当たり前じゃないですか。被害者が別人だと言ってるわけだから」

「そうですね」

「トミカがおかしなことをするから話がややこしくなっちまった。捜査の方は、どうなんですか？　奴が犯人でなければ、他に犯人がいるってことでしょう？」

「野方署と中野署では捜査を続けています」

「手がかりは？」

「ありません」

「次の犯行を待つしかないってことですかね？」

「そんなことは誰も望んでいませんが……」

三島が苦い顔をする。

一四

喫茶店を出て三島と別れ、マンションに向かって歩きながら、

（くそっ、一週間の謹慎か。響子に黙っているのは無理だな）

と、鉄太郎は苦い顔になる。

一日や二日なら、出勤する振りをしていつも通りに出かけ、どこかで時間を潰すこともできるが、火曜から金曜まで続けるのは大変だ。月給やボーナスにも影響が出るようなら、いずれは、ばれることになる。あとから根掘り葉掘り訊かれるくらいなら、今のうちに説明しておく方がいいかな、と思案する。

帰宅すると、響子はシャワーを浴びている。テニスのレッスンを終えて、ちょうど帰ってきたところらしい。素面で話すのも嫌なので、冷蔵庫から缶ビールを取り出し、リビングのソファに坐る。

さきいかを食べながらビールを飲んでいると、響子が出てくる。

「あら、帰ってたの？　散歩？」

「まあ、そんなところだ」

しばらくは何も言わずに、黙ってビールを飲んでいるが、やがて、おもむろに、

「ちょっと話したいことがある」

と切り出す。

「何よ」

「しばらく家にいることになった」

「え？　どういうこと」

響子が怪訝な顔になる。

「何日か仕事を休んで骨休めするってことだ」

「仕事を休むって……有休を消化するという意味？　一日くらい休むだけでは消化しきれないっていうこと？」

そこで、うん、そうだ、と言えば、話はそれで終わりになっただろうが、鉄太郎は、素直にうなずくことができなかった。

「違う。有休じゃない」

「それじゃ何なの？　あ……」

響子の顔色が変わる。

「もしかして、どこか具合が悪いの？」

「別に具合は悪くない」

「正直に言って下さい。隠し事をされて、手遅れになってからでは、どうしようもないから」

「何だ、手遅れって？」

「長年ストレスを抱えて仕事をしてきた退職間近の中高年に癌《がん》の発症率が高いって、この前、テレビで観たの。大腸癌とか胃癌とか……」

「だから、違うよ。病気じゃねえ」

「じゃあ、どういうことなのよ？　何日休むの」

「来週いっぱいだ」

「そんなに……新婚旅行のときだって三日しか休まなかったくせに」

「そんな古いことを持ち出すな」

「どういうことなんですか？」

「別に休むだけだよ」

「有休でもないのに？」

「ああ」

「あなた、嘘が嫌いですよね？　わたしが大事なことで嘘をついたり、笑ってごまかそうとしたら、どうします？　腹が立たない？」

「……」

「あなた……」

「謹慎処分を受けた。だから、仕事にはいかない。いかないと言うか、まあ、来ないでくれって話だ」

「謹慎って……何をしたの？」

「だから、大したことじゃない」

「お願いだから、嘘とかごまかしは……」

「トミカを殴った」

「トミカって……。まさか、宇田川管理官？」

「先に手を出したのは向こうだぞ」

「信じられない……」

響子の顔から血の気が引く。真っ青な顔でソファに深く坐り込み、

「柔道で怪我をしたというのは嘘だったわけね？」

「まあ、そうだな」

「それで管理官と殴り合い？」

「うむ」

「あなたっていう人は……定年まで、もう二年もないのに、若い頃と何も変わってないのね」

両手で顔を覆い、重苦しい溜息をつく。


その夜、鉄太郎は一〇時過ぎに家を出た。

響子が怪訝な顔を向けてきたので、

「家庭菜園泥棒を捕まえてやるのさ」

と言った。

「……」

しばし、響子は鉄太郎を見つめたが、何も言わずにそっぽを向く。

（ふんっ、勝手にしろ。こっちだって、おまえの不愉快な面を見てるのはうんざりなんだよ）

玄関で靴を履いていると、響子が無言で近付いてきて、タオルケットをどさっと放り投げる。

（むかつくぜ）

タオルケットを手にして、鉄太郎は部屋を出る。

中庭には農具を入れてある倉庫がある。そこから家庭菜園を見張るつもりでいる。家庭菜園の近くには照明もないので薄暗いが、倉庫からの距離は、そう遠くないので、誰かが近付けば気が付くはずである。

夏とはいえ、深夜になると外気は冷える。

鉄太郎はタオルケットを体に巻いて、倉庫から、じっと家庭菜園を見張る。

何もせずに、じっと目を凝らしているのは、なかなか大変だ。事件のこと、トミカのこと、退職後の生活のことなど、いろいろ思案を重ねる。

次第に目蓋が重くなってくる。

その都度、ハッとして背筋を伸ばすが、何度か繰り返すうちに眠り込んでしまう。

体を揺すられて、

「うるせえ、放っておいてくれ」

と手を振り回すと、

「いい加減に起きなさいよ」

と後頭部を軽く叩かれる。

驚いて目を開けると、響子が傍らにいる。

「おまえ、何をしてる？」

「こっちの台詞よ。いったい、何をしてるの？」

「は？」

倉庫の外に目を向けると、すでに外は明るい。中庭で子供たちが遊んでいる。

「また、やられたわよ」

「何が？」

「家庭菜園に決まってるでしょう。また盗まれた。あなた、何をしてたの？」

響子が呆れ顔で鉄太郎を見つめる。

一五

七月一八日（土曜日）

響子はテニスに出かけた。

鉄太郎は一人で部屋に戻る。

台所を覗くと、テーブルの上に漬物と納豆が出してある。ごはんだけは炊いてあったので、冷や飯を食わずに済んだ。一人で味気ない食事を済ませると、散歩にでも行こうかと考える。

しかし、鉄太郎が声をかけても、ルビーもアップルも寄ってこない。ソファの上で居眠りしている。

「何だ、こいつら」

響子にも腹が立つが、犬たちにも腹が立つ。

ああ、そうかい、そうかい、おれと出かけるのがそんなに嫌かよ、それなら結構だ、一人の方がよっぽど気楽でいいぜ……そんな悪態を吐きながら、鉄太郎は身支度を整え、マンションを出る。どこに行こうという当てもなく歩き始めるが、ふと、

（岩隈に会いに行くか）

という気になる。

賢人が小岩の実家で暮らしていることを鉄太郎は知っている。高円寺から小岩なら、総武線の各駅停車で乗り換えなしに行くことができる。

駅に向かい、電車を待っているとき、

（出かけてるかもしれないな）

と気が付く。時間がかかるのは構わないが、無駄足を踏むのは嫌である。念のために確認しておこうと思い、携帯を取り出す。電話すると、すぐに賢人が出る。

「岩隈か、おれだ。吉見」

「あ、吉見さん。どうしたんですか？」

「今、どこにいる？」

「どこって、家ですが」

「これから出かける予定とかあるか？」

「いいえ、別に……」

「家、小岩だよな？」

「はい」

「会いに行く。駅に着いたら、また電話する」

「あの……」

賢人が何か言おうとするが、鉄太郎はさっさと電話を切ってしまう。

ちょうどやって来た電車に乗り込む。

各駅停車だと、高円寺から小岩まで二〇駅、四五分ほどで着く。

鉄太郎は外の景色を眺めながら、来週、どうやって過ごそうかと物思いに耽《ふけ》る。仕事がないと何をしていいかわからないのである。

小岩駅に着く。改札を出て、賢人に電話しようと携帯を取り出したとき、

「吉見さん」

と背後から声をかけられる。

振り返ると、賢人である。

「何だよ、どうしたんだ？」

「待ってたんです」

「何で？」

「何でって……会いに来るって言うから」

「何時に着くとは言わなかったぜ」

「吉見さん、せっかちだから、きっとすぐに来るだろうと思ってました。あの電話の後、すぐに家を出て、ここで待ってたんです」

「ふんっ、気の利くことだ。コーヒーでも飲もうぜ」

鉄太郎が先になって駅から出て行く。


「で、どうなってる？」

注文したコーヒーが運ばれてくると、鉄太郎が身を乗り出す。

「事件ですか？」

「他に何があるんだよ」

「特に、これといったことは……」

と前置きして、賢人は現在の捜査状況などを話し始める。

鉄太郎がつまらなそうな顔をしているのは、賢人の話している内容が、昨日、三島から聞いたことと似たり寄ったりで、まったく目新しい事実が含まれていないからだ。

溜息をつきながら賢人の話を遮ると、

「つまり、おまえが捕まえた、あの若い奴は起訴されないということだよな？」

と、鉄太郎が訊く。

「そうです」

「で？」

「で、と言いますと？」

「馬鹿野郎」

思わず鉄太郎が大きな声を出す。

「奴が犯人でないとすれば、他に真犯人がいるってことじゃないのか？」

「ああ、そうですね」

「そうですね、じゃないだろうが。その真犯人を捕まえるための捜査は、どうなってるっていう話なんだよ」

鉄太郎の顔が上気して赤くなってくる。怒りがこみ上げているのだ。

「今のところ、わたしたちは何も指示されてませんが、野方署と中野署では捜査が続いているようです」

「本庁は高みの見物ってことかよ」

鉄太郎は椅子に深くもたれて腕組みする。

「すいません」

賢人がうなだれる。

「別におまえを責めてるわけじゃないよ。上の指示を無視して勝手に捜査なんかしたら、ただじゃ済まないからな。定年まで二年を切ったおれと、定年まで三〇年以上あるキャリアでは立場が違うってことくらい、おれも理解してる」

「……」

鉄太郎は賢人のしょぼくれた顔を見ていると、わざわざ小岩まで来たのは無駄だったかという気になる。

だが、忙しいわけではない。暇を持て余しているから、ここに来たのだ。もう話すこともないし、さっさと帰ってもいいのだが、かといって、急いで帰る理由もない。響子の仏頂面を見るのを少しでも先延ばししたいという気持ちもある。

ふと、以前、賢人が自宅でタコを飼っていると話していたのを思い出す。鉄太郎、田代、賢人の三人で朝っぱらから新宿のウインズ近くで飲んだ日だ。

「おまえ、家でタコを飼ってるんだよな?」

「え」

「違うのか?」

「あ……いいえ、違いません。うちにはタコがいます。厳密に言えば、わたしではなく、母が飼っているタコですが」

「名前もあるんだよな?」

「ソクラテスです」

「見せてくれ」

「は？」

「駄目か？」

「そうではありませんが……興味あるんですか？」

「ああ、大好きだよ。刺身もたこ焼きも、な」

一六

「ふうん、これが、ソクラテスねえ……」

鉄太郎は水槽の前にしゃがみ込み、植木鉢の手前に蹲っているソクラテスに目を凝らす。

「あの、よろしかったら、こっちでコーヒーでも飲んで下さい」

お盆にコーヒーカップやコーヒーポット、シュークリームなどを載せて、久子がリビングに入ってくる。

「ああ、すいませんねえ、どうか、お構いなく。突然、押しかけてすいません」

「とんでもない。いつも賢人がお世話になっていて。ご迷惑ばかりかけていると思います」

テーブルにお盆を置きながら、どうぞ、こちらへ、と勧める。

鉄太郎が腰を上げ、ソファに腰を下ろす。

「自慢の息子さんでしょう。東大を出て、キャリアですからねえ。何も警察官にならなくても……。同じ公務員でも、もっと楽で、もっと偉くなれそうな仕事もあったでしょうに」

「父親と同じ道に進みたかったんでしょうね。そうじゃない？」

久子が賢人の顔を見る。

「もういいよ、そんな話は」

賢人は落ち着かなくてもいいじゃないの」

「照れなくてもいいじゃないの」

「別に照れてるわけじゃない」

「賢人もシュークリームをいただきなさいよ」

三つのカップにポットからコーヒーを注ぎながら、久子が言う。

「本当にうまそうですよね。食べましょう」

鉄太郎が久子に勧める。

「じゃあ、遠慮なく」

久子がシュークリームを手に取る。

そんな鉄太郎と久子のやり取りを横目で見ながら、

（まったく何を言ってるんだよ。おれが買ったんじゃないか）

腹の中で舌打ちする。

喫茶店で、おまえのうちに連れて行け、タコを見せろ、と鉄太郎に要求され、まったく気が進まなかったものの、うまく断ることもできず、賢人は仕方なく鉄太郎を家に連れて行くことにした。手ぶらで行くわけにも行かないな、何か手土産を持って行こう、と目についた洋菓子店に寄ったのはいいが、いざ支払いをしようとしたとき、小銭しか持っていないことに鉄太郎は気が付いた。電車に乗ったときは、少額の乗り越し料金を小銭入れから払っただけだから、札入れを持っていないことに気が付かなかったのである。

貸してくれ、と頼まれて、ケーキ代を賢人が払った。貸してくれとは言われたものの、恐らく、そのお金は返ってこないだろうと賢人は諦めている。悪気はないのはわかっているが、一日か二日もすると、鉄太郎はお金を借りたことを忘れてしまうのだ。これまでに何度も、そういうことがあった。鉄太郎がケチなのではない。実際、一緒に飲みに行ったりすると、大抵、鉄太郎が奢ってくれる。だから、ケーキ代くらい別に惜しいとは思わないが、久子と鉄太郎のやり取りを聞いていると、何となくイライラしてくるのである。

（喫茶店のコーヒー代だって、おれが払ったんだしな……）

賢人がぶすっとしていると、

「おい、どうしたんだよ、疲れてるのか？」

鉄太郎が訊く。

「いいえ、大丈夫です」

「せっかくの休みなのに、どこにも出かけないで家にいるんですからね。仕事が大変だから、たまにはのんびりしたいのかなと思ってましたけど」

久子が言う。

「まあ、警察官の仕事は激務ですからね。口には出さないでしょうが、なかなか大変です」

「仕事の話は全然しないんですよ」

「この前なんか大きな手柄を立て損なって、うまくいけば総監賞をもらえたかもしれないっていうのに……」

「吉見さん！」

「あ、悪い、悪い。口が滑ったわ」

「皆さんの足を引っ張らずに何とかやっていると思っていいのでしょうか？」

「ええ、がんばってますよ。キャリアっていうのは、頭でっかちで、やたらに理屈ばかりこねて使えない奴が多いんですが、彼は割と素直ですからね」

「安心しました」

「話は変わりますが、自宅でタコを飼うなんて物好き……いや、変わった趣味ですね。そんな人に初めて会いました」

「自分でも驚いてるんですけど、本当にごく自然な成り行きでこういうことになったんです……」

久子はソクラテスを自宅で飼うことになった経緯を、滔々と語り始める。

「はあ、はあ、そうですか……」

鉄太郎はうなずきながら相槌を打つ。

（聞いてないよな。何の興味もないんだろうから）

賢人が横目で鉄太郎を見遣る。もっともらしくうなずいてはいるものの、実際には、久子の話など何も聞いていないと賢人にはわかる。自分が興味を持てない話は右から左へと聞き流してしまうのだ。退屈な会議に出席しているときも、鉄太郎は同じような顔をしている。

「どうですか、吉見さんも試してみますか？」

「え？　何をですか」

　ハッとした顔で、鉄太郎が聞き返す。

「ソクラテスと触れ合ってみないか、ということですけど」

「ああ、いいですね。やってみましょう。こう見えても、タコは好きなんですよ。大好きです」

　鉄太郎が賢人を見て、にやりと笑う。

「ソクラテス」

　久子が声をかけながら、水槽をコツコツと指先で叩く。ソクラテスが植木鉢から顔を覗かせる。

「おいで」

　袖をまくり上げ、久子が右腕をそっと水の中に入れる。

　ソクラテスが植木鉢を出て、ゆらゆらと水面に浮かび上がってくる。大きな目は、じっと久子の顔を見つめている。水面近くまで来ると、細い腕を久子の腕に絡みつかせる。

「え～っ、マジか」

　鉄太郎が目を丸くする。

「吉見さんも、どうぞ」

「いやあ、まさか、そんな風に触れ合うとは……。どんな感じなんですか？　気持ち悪くないですか」

「最初は驚くかもしれませんけど、慣れると気持ちいいですよ」

「気持ちいい？　ほう、それが気持ちいいとはねえ……」

「もちろん、無理に勧めるわけではありませんよ。気が進まないのであれば……」

「ああ、そうですね。それなら……」

鉄太郎が辞退しようとしたとき、賢人がぷっと含み笑いを洩らす。

それを見て、

（こいつ、おれを馬鹿にしてやがるな）

と腹を立て、

「いや、やります。何事も経験ですからね。やってみましょう」

ムッとした顔で、鉄太郎も袖をまくる。

「ゆっくり静かに腕を水の中に入れてみて下さい」

「こうですかね」

鉄太郎が恐る恐る腕を水に入れる。

久子の腕に絡みついていたソクラテスの腕が、するすると鉄太郎の腕に伸びてくる。その腕が触れた瞬間、ぬめっとした冷たい感覚に驚き、思わず鉄太郎は声を上げそうになる。

しかし、こんなことで驚いたら、また賢人に笑われると思って必死に我慢する。

鉄太郎がじっとしていると、ソクラテスの腕が次々に絡みついてきて、吸盤が皮膚に吸い付いてくる。

（何だ、これ……？）

くすぐったい、という単純な感覚ではない。ソクラテスの腕にあるたくさんの吸盤を通して、鉄太郎の頭の中にあるものがソクラテスに吸い取られていくような気がするのだ。

傍から見ているときには気持ち悪いと思っていたが、実際に吸い付かれてみると、それほど気持ち悪くはない。いや、気持ち悪いどころか、何とも言えない心地よさを感じる。

（タコに触られて気持ちいいだなんて、おれだけか？）

うっとりとして半眼になっているとき、

そんなことはありませんよ。

あなただけじゃない。


心の中で声が聞こえた。

「え」

ハッとして目を開け、久子と賢人の顔を見る。

「どうかなさいましたか？」

「い、いいえ、別に……。今、何か言いましたか？」

「何も言ってませんけど」

久子が怪訝な顔になる。

「あ……、そうですよね。いや、何だか不思議な気持ちがして」

「そうですよね。わかります。わたしも、そうでしたから」

久子が微笑む。

（さっきのは何だ？　空耳か？　気のせいか？）

確かに、さっきの声は久子の声でも賢人の声でもなかった。もちろん、鉄太郎の声でもない。

（おれ、疲れてるのかな……）

首を捻りながら、ふと、水槽に目を落とすと、ソクラテスがじっと鉄太郎を見上げている。

（まさか、タコが話しかけたなんてことはないよな。冗談じゃない。おれ、どうかしてるぜ）

ふーっと大きく息を吐き、水から手を出そうとする。ソクラテスの何本もの腕がごく自然に鉄太郎の腕から離れていく。最後の腕が離れるとき、

また会いましょう。


という声が心の中で聞こえた。

「……」

鉄太郎が愕然として、口をぽかんと開ける。

ソクラテスは水の底に沈んでいき、植木鉢の中に姿を消す。

一七

賢人は鉄太郎を駅まで送るつもりだったが、

「いいよ、一人で帰る。子供じゃないんだからな」

笑いながら帰って行った。

「大ベテランの先輩だというから、気難しくて怖い人かと思っていたけど、そんなことはないのね。話しやすい人ね。安心したわ」

ソファに腰を下ろしながら、久子がホッとしたように言う。気さくに会話していたものの、実際にはかなり緊張していたらしい。

「そりゃあ、仕事中とは違うさ」

「仕事のときは怖い人なの？」

「怖いというのとは、ちょっと違うかな。厳しい人だし、付き合いにくい人だよ。刑事ってさ、仕事ができる人ほど癖のある人が多いんだよ。周りとうまくやっていけないっていうか……」

「一匹狼みたいな感じ？」

「まあ、そうだね。仕事ができるから、他人の言うことに耳を貸さないんだろうね」

「確かに頑固そうな人だったわね」

久子がくすりと笑う。

「さっき、大きな手柄を立て損なったと吉見さんがおっしゃっていたけど、わたしには何も話してくれなかったわよね？」

「ああ、あれか……」

賢人が渋い顔になる。

「立て損なったということは、つまり、しくじったということさ。へまをしたということだからね。あまり思い出したくもないんだ」

「そうなの」

久子が気まずそうに顔を背け、お茶でも淹れようかしら、と台所に立つ。

（まったく、へまだよ……）

あのときの自分の行動が間違っていたとは思わないが、人違いをしたために、結果的に真犯人を取り逃がすことになってしまった。それを考えるたびに何が悪かったのだろう、自分はどうすればよかったのだろうと考え込んでしまう。

しかし、いくら考えても答えを見付けることはできない。

ふと顔を上げると、植木鉢からソクラテスが顔を覗かせて、賢人を見つめている。

「何だよ、おれの気持ちがわかるのか？」

そんなはずはないよな、と賢人は肩をすくめ、床に大の字にひっくり返る。

久子がお茶を淹れて戻ると、賢人は寝息を立てていた。起こそうかと思ったが、気持ちよさそうに寝ているので、そのままにしておくことにした。薄手のタオルケットをかけてやった。

賢人は夢を見た。

霧がかかっていて、自分がどこにいるのかわからない。周囲は白い闇に覆われている。まるで雲の上でも歩いているかのように足許がふわふわする。

途方に暮れたように賢人が歩いて行くと、向こうに人の姿が見える。賢人に背を向けて、椅子に坐っている。薄手の白い衣を身にまとっている。

「あの、ここは……」

賢人が声をかける。

「……」

その人が肩越しに振り返る。

（ん？）

外国人である。それに年寄りだ。頭には髪がほとんどないが、長い髭《ひげ》を鼻の下と顎《あご》に蓄《たくわ》えている。髪も髭も真っ白だ。鼻は大きく、目は小さい。顔は丸く、首は太い。お世辞にも美男とは言えない。

かなり太っていて、大きな太鼓腹をしている。

ただの肥満した年寄りというのではなく、どことなく深い知性を感じさせる顔をしている。

しかも、どこかで見たような顔である。

だが、それが誰なのか、すぐには思い出すことができない。外国人に知り合いはいない。

「坐ったらどうかね？」

その老人は自分の向かい側に置いてある椅子を指し示す。なぜか、外国人のくせに流暢《りゅうちょう》な日本語を話す。

「ありがとうございます」

礼を言って、賢人が椅子に腰を下ろす。

「失礼ですが……」

「何かね？」

「どこかでお目にかかった気がするのですが」

「そうかね」

老人は、にこにこしている。

「外国の方ですよね？」

「まあ、そうだね」

「お名前を教えていただけませんか？」

「わたしの名前か？　君は、よく知ってるじゃないか」

「よく知っている……？」

賢人が首を捻る。

その瞬間、

（あ）

と叫びそうになる。

「ソクラテス……」

「わかったようだね」

中学校だったか高校だったか、確か、美術室にソクラテスの石膏の胸像があった気がする。

それだけではない。

学生時代にプラトンの『ソクラテスの弁明』を読んだが、その文庫本の表紙にもソクラテス像が使われていた。

だから、老人の顔に見覚えがあったのだ。

「ソクラテス先生ですね？」

「先生は、いらないよ、賢人」

「ぼくの名前をご存じなんですか？」

「そりゃあ、毎日会っているからな」

「毎日？　ぼくがあなたと？」

「わからないかね？」

ソクラテスが賢人を見て、にやにや笑う。

「まさか……」

「タコの姿で話すより、この方がいいかと思ってね。少しは気を遣ったつもりなんだが」

「信じられない……」

「人間は常識に縛られすぎているからね。物事を一面的にしか見ないから、目の前にある真実すら見逃してしまう」

「これ、夢だよ。本当のはずがない」

「そうだよ、夢だ。夢では駄目なのかね？　夢だろうが何だろうが、わたしたちは、こうして会話を楽しんでいるじゃないか。その事実を素直に認めることもできないかな」

「……」

「君は悩んでいるな。自分の失敗を悔やみ、苦しんでいる」

「まあ、それは本当だけど」

「誰でも過ちを犯す。素直に認めればいい」

「過ちを認めたくないわけじゃないんです。しかし、ぼくがしくじったせいで、また被害に遭う人がいるかもしれない。そう考えると胸が苦しくなってしまうんです」

「すべてが間違っているとか、すべてが正しいとか、そういうことはない。世の中で起こる物事というのは、正しいことと間違っていることが混在しているものだ。君は過ちを犯したかもしれないが、すべてを誤ったのではない。恐らく、そこには幾分かの正しさも含まれているはずだ。それをきちんと選り分けなければならない」

「何が正しいんですか？　ぼくが捕まえた男は犯人ではなかった。それだけのことなのに」

「物事を一面からではなく、様々な角度から見なければならない。そうすれば、きっと真実を見付けることができるだろう」

その夜、中野区でまた帰宅途中の若い女性が襲われた。一連の強盗傷害事件とまったく同じ手口だった。

一八

七月一九日（日曜日）

いつもの日曜日であれば、のんびり気ままに過ごして、月曜からの仕事に備えて気力と体力を充実させるところだが、今日は違う。金曜日まで謹慎処分を受けている。毎日が日曜日といったところだ。だからといって気楽なわけではない。響子の機嫌が悪いから、家にいても居心地がよくないのだ。

昨日の夜は食事の支度がされていなかった。鉄太郎としても自分に非があることは承知しているから文句も言わず、お湯を沸かしてカップ麺を食べた。

今朝も食事の用意がされていなかった。ごはんだけは炊いてあったので、仕方なく納豆と漬物で済ませた。

響子は、さっさとテニスに出かけてしまったので、家には鉄太郎一人だ。何も言わずに出かけたが、恐らく、夕方までは帰ってこないだろう。鉄太郎の顔を見るのも口を利くのも嫌なのだ。はっきり言葉にして言われなくても、鉄太郎にも、それくらいのことは察せられる。長い年月を一緒に過ごしてきた夫婦だから、顔を見るだけで相手が何を考えているか見当がつくのである。

「アップル」

ソファで寝そべっているアップルに声をかける。

アップルがびくっと体を震わせ、肩越しに振り返る。その仕草がいやに人間臭くて、鉄太郎はおかしくなる。

アップルの傍らにはルビーも寝ているが、ルビーは鉄太郎の声にはまったく反応しない。響子にべったりで、鉄太郎をまるっきり無視するのだ。自分の方が鉄太郎より格上だと思っているのかもしれない。

「ほら、散歩に行くぞ。こっちに来い」

すでに響子がルビーとアップルを散歩させたことは知っている。散歩をし、朝ごはんも食べたから、ルビーとアップルはくつろいで居眠りしていた。

そんなことは百も承知だが、一人で散歩したくないので無理にでもアップルを連れて行こうとしている。中年男が休日に一人で散歩している姿というのは、何となくみすぼらしく、うら悲しい感じがして嫌なのである。

「アップル」

もう一度呼ぶと、アップルがのそのそと起き上がり、ソファから下りて鉄太郎のそばにやって来る。

「よしよし、いい子だ。行くぞ」

リードを手に取り、アップルを従えて玄関に向かう。ルビーは我関せずと居眠りを続けている。

一時間ほど近所をぶらぶらして、鉄太郎はマンションに戻って来る。すぐに部屋には戻らず、中庭の家庭菜園に行く。仕事が忙しかったせいもあり、最近は、あまり手も入れず、響子に任せきりになっている。

（ああ、ひどいな……）

このところ頻繁に家庭菜園の収穫物が盗まれている。鉄太郎のところも例外ではなく、イチゴやらエダマメやら、いろいろ盗まれている。自分が収穫したわけでもないのに、菜園のあちこちにまだらに隙間ができている。そこに実った作物を誰かが勝手に持って行ったという証拠だ。

自分の手で犯人を捕まえてやろうと金曜日の夜、家庭菜園を見張ることにした。零時過ぎまでは確かに起きていたはずだが、その後の記憶が曖昧である。朝になってから、倉庫で眠り込んでいるところを響子に起こされた。そのときには、もう盗まれた後だった。つまり、犯人は日付が変わって土曜日になってから、深夜から明け方にかけて家庭菜園の作物を奪ったということだ。

（くそっ、情けないぜ）

自分がちゃんと起きていれば、憎らしい犯人を捕まえることができたはずだと思うと、自分自身に対して無性に腹が立つ。

（やっぱり、年かなあ）

若い頃は張り込み中に眠ってしまうなどということはなかった。内心、忸怩《じくじ》たるものがある。

鉄太郎が物思いに耽っていると、

「あら、吉見さん、お散歩ですか」

と背後から声をかけられた。

（やばい）

振り返らずとも、それが海部敏子の声だと鉄太郎にはわかっている。このマンションの情報通で、おしゃべりなおばさんだ。鉄太郎が最も苦手とするタイプの女である。

しかし、無視するわけにもいかず、仕方なく振り返り、おはようございます、と挨拶する。

「お一人でお散歩ですの？」

「ええ、まあ」

「今朝早く、奥さんがアップルちゃんとルビーちゃんを連れて散歩しているのを見かけましたよ」

「ああ、そうでしたか」

「アップルちゃん、ちょっとおデブちゃんだから、たくさん散歩した方がいいのよね」

敏子がアップルの前にしゃがんで頭を撫でる。

アップルは地面に転がり、お腹を見せて手足をバタバタさせる。

「ほら、いい子ちゃんねえ」

敏子がお腹をさすると、アップルが嬉しそうに身をよじる。アップルを愛撫しながら、

「うち、また盗まれたんですよ」

「この家庭菜園でですか？」

「ええ、トマト」

敏子が立ち上がる。

「トマトと言っても、普通のトマトではなく、フルーツトマトを育ててみたんです。割とうまくできたなあと喜んでいて、そろそろ食べ頃かと期待してたんですよ。収穫したら、吉見さんのお宅にもお裾分けするつもりだったんですけどね。おとといの夕方にはあったのに、昨日の朝にはなくなってたんですよ。狭い場所で何種類もの野菜や果物を育てるわけですから、それぞれの種類は大した数じゃありません。そのトマトも、せいぜい、七つくらいだったかしら」

「全部なくなったんですか？」

「そう、全部」

「それは残念ですね」

「スーパーに行けば、いくらでも買えるじゃないですか。何だって、わざわざ、人が楽しみに育てたものを盗むんでしょうね。フルーツトマト七つなんて、たぶん、スーパーで五〇〇円くらいで買えるでしょう？　こっちにしたら、お金の問題じゃありませんからね」

「わかります。うちも被害に遭ってますから」

「理事会は頼りにならないし、どうしたらいいのかしら……」

じゃあ、失礼します、と敏子が頭を下げて立ち去る。

てっきり長い時間つかまってしまうのかと警戒していたが、珍しく、敏子があっさり行ったので、鉄太郎は意外な感じがした。

（それだけ、ショックが大きいってことか）

確かに、その気持ちはわかる、おれだって、エダマメを持って行かれてはらわたが煮えくり返ったからな、と鉄太郎は敏子に同情する。

携帯が鳴る。

画面に表示されているのは三島の電話番号だ。

「はい、吉見です……」

何の用だろうと訝りながら電話に出る。


夕方、テレビを観ながらビールを飲んでいると響子が帰ってきた。

まだ空に明るさが残っているうちから酒を飲んでいる夫の姿を目にして、一瞬、響子が顔を顰める。

鉄太郎は目の隅で、その表情をとらえ、にやりと笑う。

風呂場に行こうとする響子に、

「あのな」

「何？」

「明日から仕事に復帰することになった」

「え、謹慎処分中でしょう？」

驚き顔で響子が振り返る。

「処分は取り消しになった。班長から電話が来て、仕事に戻ってくれと頼まれたんだ。おれがいないと困るんだな」

がははは、と愉快そうに笑う。

「本当なの？　まさか……」

「おい、何で、おれがこんなことで嘘をつかないといけないんだよ」

「じゃあ、本当なのね？」

「そう言ってるだろう」

「ふうん……」

首を捻りながら、響子が風呂場に行く。シャワーを浴びて、テニスの汗を流すのであろう。

三島からの電話は鉄太郎にも意外だった。

昨夜、中野でまた女性が襲われた。その手口が一連の犯行と同じだったので、急遽《きゅうきょ》、明日の午前中、警視庁と野方署、中野署の合同捜査会議が野方署で開かれることになったのだという。

謹慎処分を取り消すので、その会議に出席してほしい、というのが電話の内容だった。もちろん、鉄太郎に異存はない。詳しい話は明日にでも、と三島は慌ただしく電話を切ったので、どういう経緯で鉄太郎の謹慎処分が取り消されることになったのかはわからないものの、

（役に立つ捜査員を遊ばせておく余裕はないってことなんだろうな）

と、鉄太郎は推測する。

その夜、響子はごちそうを作った。
鉄太郎は、カップ麺を食べずに済んだ。

第三部　事件の核心

一

三月から六月まで、毎月一度ずつ、四回やった。

最初、三月は翔太がやった。おれに手本を見せてくれたのだ。

二回目、四月のときは、おれがやるはずだったが、土壇場でびびってしまい、急遽、翔太がやった。

「ふざけるなよ。遊びじゃないんだぞ。次もへまをしたら、どうなるかわかってるだろうな」

翔太は激怒した。普段と顔つきが変わっていた。

次もへまをしたら、おれが殺されるかもしれない、と不安を感じるほどの恐ろしい形相だった。

だから、五月の三回目のときは腹を括った。

でも、ツキがなかった。

おれが初めて襲った市村早苗という女が手強《てごわ》かったのである。後から新聞で読んだが、武術の心得があったのだ。

まったく冗談じゃない。

なるべく抵抗されないように楽な相手を選んだはずなのに、とんでもなく手強い女を選んでしまった。

何とかバッグを奪って逃げられたからよかったものの、そうでなければ、おれは翔太に殺されていたかもしれない。翔太が自分とはタイプの違う人間で、どれほど恐ろしい奴なのか、おれは気付き始めていたのである。

その頃になると、もう中野の連続強盗事件は新聞やテレビで大きく報道されていたから、こんなに騒がれたら、もう続けるのは無理だと思った。

日中でも中野駅の周辺で、それまでにないくらいたくさんの警察官の姿を見かけたし、警察も必死なのはわかっていた。当然、次の犯行を警戒していたのだ。

危ないから中野でやるのはよそう、やるのなら場所を変更しよう、捕まったら元も子もないじゃないか、と翔太に言ったが、

「いいじゃん、面白いぜ」

本気なのか、冗談なのか、翔太はまだ続ける気でいた。

それまでにも翔太と話していると、たまに、

（こいつ、もしかして、警察に捕まってもいいと思ってるんじゃないのか？）

と感じることがあったが、そのときも、そうだった。なぜ敢《あ》えて危ない橋を渡ろうとするのか、

まったく理解できなかった。

場所もそうだが、女を襲う日時についても、そうだ。いつも月初めの金曜日の深夜なのだ。

もちろん、理由はわかる。

送迎のバイトをしていたから、デリヘルは金曜日の夜がすごく忙しいのは知っている。たぶん、風俗だけでなく、キャバクラやクラブも同じだろうから、金曜日の夜は女が最も金を持っていそうなのだ。客にしても、月末の給料日の後、最初の週末というのは懐が温かいはずだ。だから、月初めの金曜日に女を襲った。たまに翔太に予定があって、第一週の金曜ではなく、第二週の金曜になることもあったが、少なくとも中旬から月末まではやらなかった。実際、そういうやり方をしたおかげで、かなりの金を手に入れることができた。

ただ、土地勘のある中野にこだわることも、女を襲う日時を月初めの金曜日の深夜に限定することも、その分だけ警察が捜査しやすくなるわけだから、おれたちが捕まる危険も大きくなる。おれは、それが心配だったから、できれば、場所も変えたいし、女を襲う日時も変えたかったのだ。

「そう心配するなって。おれは、おまえより、ずっとベテランだけど、今まで警察に尻尾をつかまれたことなんかないんだぜ」

翔太は余裕綽《しゃくしゃく》々だった。

尚もおれが渋ると、

「おまえは、まだ一度もうまくやってないんだぞ。場所を変えるのなら、一度くらい、ちゃんと成功させてからにしろよ」

と睨まれた。

六月に田崎優子を襲ったときは、市村早苗のときよりはましだったとはいえ、最後にもたついて翔太の手を借りた。

だから、一度もうまくやっていない、と責められても、おれは何も言い返すことができず、七月の事件を起こした。

案の定、しくじった。

女を襲うところまではよかったが、近くで警戒していた刑事たちが女の悲鳴を聞いて、すぐに駆けつけた。

おれも必死に逃げたものの、もう駄目だ、と何度も諦めかけた。息が上がり、心臓がばくばくになって、今にも倒れそうだった。

逃げながら、

(だから、やめておけばよかったんだ)

と激しく後悔し、翔太の無謀さを呪った。

足が攣りそうになって、いよいよ終わりだ、と諦めかけたとき、突然、目の前に翔太が現れた。

「止まるな。さっさと行け。最後まで諦めるんじゃないぞ」

おれは走り続け、翔太は、その場に残った。

翔太は逮捕された。

あのときは、おれも刑事たちに追われて必死だったから翔太の考えがわからなかったが、つまり、おれの身代わりになって捕まり、その隙におれを逃がそうとしたのだ。

女を襲ったのはおれだし、翔太は離れたところから見ていただけだから、たとえ逮捕されたとしても、すぐに犯人でないことがわかって釈放されると考えたのだろう。

おれも、そう思った。

ところが、なかなか翔太は釈放されなかった。

翔太に連絡を取るのは危険だと思ったから、事情が何もわからない。新聞やテレビで報道されることしか知らなかった。

そのうち、いくらか曖昧な書き方ではあるものの、翔太が犯人だと仄《ほの》めかすような報道が目に付き始めた。起訴されそうだというのだ。

馬鹿馬鹿しい。

おれがやったのに、どうして翔太が犯人として起訴されるんだ？

しかし、警察の取り調べは厳しいというし、もしかして、翔太が何もかもしゃべってしまうのではないか、と不安になってきた。

確かに今回は翔太がやったわけではないが、三月と四月は翔太がやった。それを翔太がしゃべったら、おれだって終わりだ。

今にも部屋に刑事が来るのではないか、とおれはびくびくして過ごした。何か自分にできることはないか、と必死に知恵を絞った。

それで一人で女を襲うことを思いついた。また同じような犯行が起これば、翔太の疑いが晴れるのではないかと期待したのだ。

おれはまだ自由の身だ。警察は来ていない。

それは翔太がしゃべっていないということだろう。

やるなら今しかない。翔太がしゃべってからでは遅いのだ。

（やってやるさ）

そう決めて、おれは一人でやった。

自分で言うのも何だが、かなり手際がよかったと思う。

二

七月二〇日（月曜日）

祝日だというのに野方署の会議室には大勢の捜査員が顔を揃えている。まだ幹部たちが入室していないので、捜査員たちは雑談したり、居眠りしたり、スポーツ新聞を読んだり、と思い思いに時間を潰している。

そこに三島班の六人もいる。

「吉見さん、ちょっといいですか」

班長の三島秀俊が鉄太郎を廊下に連れ出す。

周りに人がいないことを確認してから、

「形だけでいいので、管理官に謝ってもらえませんか」

と小声で言う。

「謝る？」

一瞬、鉄太郎がムッとする。

「この通りです」

三島が深々と頭を下げる。

「ちょっと……何してるんですか」

年齢は鉄太郎の方が一回り以上も上だとはいえ、三島は上司である。人目につく場所で、頭など下げられたら、鉄太郎とて慌てる。

「わかったからさ。だから、もう頭を上げて下さいよ」

「よかった。吉見さんは先に戻っていて下さい。わたしは管理官と話してきますから」

小走りに、その場を離れる。

「いろいろ気を遣いすぎだよ。あんな調子だと、そのうち胃潰瘍《いかいよう》になっちまうぜ」

ぶつくさ言いながら、鉄太郎が自分の席に戻る。

田代進、大岡彰彦、永川和子、岩隈賢人の四人がじっと鉄太郎を見る。

「何だよ、おれの顔に何かついてるか？」

「班長、苦労しましたんやでえ……」

鉄太郎の謹慎処分を解くために、いかに三島が苦労したかということを大岡が話す。

三島班は、鉄太郎を除いて、昨日の日曜日も出勤し、新たな事件の対応に追われた。猫の手も借りたいほどの忙しさだった。人手が足りないのだ。ベテランの鉄太郎を休ませている余裕などない、と三島は平子理事官と渋谷課長にかけ合った。彼らも三島の考えに賛同し、渋谷課長が刑事部長に謹慎処分を解く許可をもらいにいった。話を聞いた部長は、緊急事態だから処分の解除は構わないが、筋を通すという意味で、鉄太郎から宇田川管理官に詫びを入れさせろ、と注文をつけたのだという。

「そうだったのか、部長がな……」

万が一、自分が管理官に頭を下げることを拒んだら、板挟みになった三島は本当に胃潰瘍になっていたかもしれないな、と鉄太郎は思った。

そこに幹部たちが入室してくる。彼らの後から三島も入室し、慌てて自分の席に着く。

会議が始まる。

幹部たちは一様に厳しい表情をしており、順繰りに重苦しい口調で話をする。いかにも、もっともらしいことを言っているが、誰一人として口にしないのは、沢村翔太の逮捕は誤認だったということである。単に沢村翔太を逮捕するまでやっていた捜査を、今後も継続していくということを確認するだけの内容に過ぎない。

そんな幹部たちの言い訳がましい話を、

（警察で出世する奴らってのは、揃いも揃って面の皮が厚いよな。おれには無理だわ）

と、鉄太郎は白々とした顔で聞いている。

最後に立ち上がった宇田川管理官が、捜査員たちを督励する話をした後、さりげなく、沢村翔太を起訴せずに釈放することになった、と言う。それが誤認逮捕の幕引きだった。

それから、三〇分ほど事務的な連絡事項が伝えられて会議は終わった。

「吉見さん」

三島が鉄太郎を促す。

「ああ……」

小さな溜息をつきながら、鉄太郎が腰を上げる。

「怒ったらあきまへんよ。我慢ですからね、我慢」

大岡がガッツポーズをする。

「うるせえよ」

舌打ちしながら、鉄太郎は三島についていく。

野方署の副署長と話している宇田川に、

「管理官」

と、三島が声をかける。

「ん？　何だ」

わざとらしく宇田川が振り返る。さっきから横目でちらりちらりと三島班が陣取っている方を見ていたから、三島と鉄太郎がやって来るのに気付いていないはずがない。

「先日は申し訳ありませんでした」

鉄太郎が頭を下げる。

「ああ、あのことな。今後は言葉には注意することだ。行動にもな」

「はい、そうします」

「勝手なことをすると周りの者が迷惑する。これからの警察官人生、そう長くないんだから、少しは身を慎め」

「……」

「気に入らないか？」

「いいえ、心得ておきます」

「そうしろ」

ふんっ、と鼻を鳴らし、宇田川はまた副署長と話し始める。

その場を離れながら、

「よく我慢してくれましたね。助かりました」

三島が囁き声で感謝する。

「班長を胃潰瘍にするわけにはいきませんからね」

「え？」

「何でもありませんよ」

鉄太郎が肩をすくめる。

三

「さすがトミカだぜ。こういうやり方で復讐してくるとはな」

鉄太郎がぼやく。

「そんなことはないでしょう」

賢人が言う。

「それは本音か？　おれたち、捜査に必要とされてると思うか。ここからだと中野駅より、練馬駅の方が近いんだぞ」

「……」

咄嗟に賢人も言葉を返すことができない。

捜査会議の後、ペアになった捜査員たちが担当する区域を割り当てられた。

これは以前からやっていたことで、プロファイリングによって、次の犯行が行われるであろうと予測された範囲に捜査員を投入するのである。その範囲を大きく三つのブロックに分け、その三つのブロックを更に細分化し、担当するペアを決めるのだ。三つのブロックは、犯行が起こる可能性が高い順にA、B、Cのランク付けが為された。

これまで、警視庁捜査一課の刑事たちは基本的にAブロックを担当してきた。Bブロックは野方署と中野署のベテラン刑事たちが、Cブロックは野方署と中野署の、経験の浅い若い刑事たちが主に担当してきた。

　今回、鉄太郎と賢人に割り振られたのは中野区の最北部、江原《えはら》・江古田《えごた》地区である。中野区とはいえ、西武新宿線より北側で、総武線の駅より、都営大江戸線や西武池袋線の駅の方が近い。これまでの犯行が、中野駅から徒歩で帰宅する若い女性を狙っていることから考えると、そのあたりで犯行が起こる可能性は低い。中野駅から歩いて帰るには遠すぎるからだ。実際、今までその近辺で犯行が起こったことはない。当然ながら、ここはＣブロックである。Ｃブロックに投入された本庁のペアは鉄太郎と賢人だけだ。以前は、Ａブロックの担当だったのに、いきなり変更されたのである。

　これまでの犯行は週末の深夜に起こっているから、月曜日の昼間に巡回する必要はないわけだが、初めての地域を担当するペアは、土地勘を磨くために平日にできる限り、その地域を巡回するように命じられた。それで二人は早速、この地域を歩いているわけである。

「馬鹿馬鹿しいぜ。何のために担当エリアを変える必要があるんだ？　おれたち以外に変わったペアがいくつある？　たくさんあるか」

「あまりないようですね」

　賢人がうなずく。

「そうだ。ほとんどないんだよ。盲腸で入院したり、転んで骨折したり、やむを得ない事情で担当を外れて、別の捜査員が投入されたから、新たにペアを組み直した……そんな奴らだけが担当エリアを変わってるんだ。おれもおまえも、ずっとこの事件に関わってるのに、いきなり担当エリアを変えられた。恥さらしもいいところだ。やってられねえよな」

鉄太郎が自販機で缶コーヒーをふたつ買う。ひとつを賢人に渡し、

「あそこで休憩しようや。必死になって歩き回るほどのこともないからな」

そう言うと、江古田の森公園に入っていく。仕方なく賢人も後についていく。

空いているベンチを見付けると、鉄太郎はそこに坐り、缶コーヒーを飲み始める。その横に賢人も坐る。

「また振り出しに戻りましたね」

賢人が言う。

「それは違うぜ」

「何がですか？」

「警察の立場は以前より、ずっと悪くなった。誤認逮捕なんて味噌をつけちまったからな。結局、あれで真犯人を野放しにして、新たな犯行を許したわけだ。マスコミに叩かれるぜ」

「管理官、顔色が悪かったですよね」

「気の小さい出世主義者だからな。ちゃんと責任を取れるような奴なら見所もあるが、どうやって責任逃れをしようか必死だ。それ以外のことは頭にないぜ、あのバカ」

鉄太郎が、ふんっ、と鼻を鳴らす。

「ひとつ不思議なんですが、どうして犯人は、このタイミングで女性を襲ったんでしょうね？」

「どういう意味だ？　金がほしかったからだろう」

「そうかもしれませんが……。犯人だって、ニュースくらい見るでしょうから、沢村翔太が逮捕されたことは知っていたと思うんです。おとなしくしていれば別人に濡れ衣を着せることができたということですよね？」

「まあ、あれは根本的に間違ってたな。被害者の面通しで別人だと断定されたのに起訴できるはずがない」

「三番目の被害者、市村早苗さんが自分を襲ったのは沢村翔太ではないと断言しましたからね。あれは決定的でした」

「その証言がなければ、とっくに起訴されていただろうよ。ん？　面通しで別人だと証言されて、どうせ、沢村翔太は起訴されないとわかって、犯人が新たな犯行を始めたってことはないか？」

　鉄太郎が首を捻る。

「市村さんの面通しについては報道されてませんよ」

「そうか」

「ただ……」

「何だ？」

「面通しについては報道されていませんが、五月に市村さんが襲われた直後、一部の報道機関で市村さんが犯人の顔を見たという報道はされたはずです。もっとも、すぐに警察がストップをかけたので、広く知られてはいないはずですが」

「世間は知らなくても、少なくとも犯人は知っているわけだよな」

「それは、そうですね」

　賢人がうなずく。

「犯人の顔を見た被害者がいて、容疑者が捕まれば面通しするってことは、犯人だってわかってるだろうな。その結果がどうなるかってことも予想できるはずだ。そうだろう？」

「そう思います」

四

七月二一日（火曜日）

ドアを開けると、翔太が立っていた。

おれは、別に驚かなかった。釈放されたら、きっとすぐに来るだろうと思っていたからだ。

だから、部屋のドアをノックされたとき、

（翔太が来たんだな）

と直感した。

　顔を合わせて、最初に翔太が言ったのは、

「おれ、臭わないか？」

ということだった。

「食い物に不満はなかったけど、好きなときにシャワーを浴びたり、風呂に入れないのが辛かったよ。一緒にいるおっさんたち、みんな臭いしさ」

そのうち慣れるとおっさんたちには言われたけど、全然駄目だった、人間の体って、簡単に臭くなるんだな、と翔太は自分の腕や肩の匂いをくんくんと嗅いだ。

「大丈夫だよ。石鹸の匂いしかしないよ」

「よかった。何度も洗ったんだ。本当に何度も何度もな。体をこすりすぎて、あちこちすりむけちまったくらいさ。臭わないなら安心だ。何かうまいものを食べに行こうぜ。寿司がいいかな、それとも、しゃぶしゃぶかな……。留置場は刑務所とは違うから、金さえあれば、いろいろ買えるんだけど、まあ、限度ってものがあるからな。そう贅沢なものは食えないよ。あんパンとかチョコレートとか、そんなものくらいだ」

「寿司でもしゃぶしゃぶでも、どっちでもいいよ。翔太が食べたいものにしよう」

「じゃあ、しゃぶしゃぶだな。寿司は明日でもいいや」

早速しゃぶしゃぶを食べに出かけた。何度か行ったことのある店だ。個室を頼んだ。ビールや料理が揃い、店員が個室から出て行くと、おれたちは乾杯した。

肉は四人前注文したが、翔太の食欲がすごいので、すぐになくなり、追加注文した。

「びっくりしただろう、おれが捕まって」

「驚いたよ。どうすればいいのかわからなくなって、パニックを起こしそうになった」

「でも、起こさなかったんだろう？」

「うん、何とか」

「それでよかったのさ」

「あの事件、翔太がやったわけじゃないから、すぐに釈放されると思ってたけど、なかなか釈放されないから不安になったよ。それで、おれ一人で事件を起こした。そうすれば、翔太への容疑が晴れるだろうと思って。まずかったかな？」

「いや、助かったよ。おれも、すぐに出られると高を括ってたんだけど、意外と長引いたから、警察の奴ら、おれを犯人に仕立て上げるつもりかもしれない、と心配になっていたところさ」

「まさか、そんなことが……」

「警察なんて、そんなもんさ」

　翔太が肩をすくめる。

「おれも甘かった。いずれ釈放されると思ってたから、どうせなら少しばかり捜査を混乱させてやろうと企んで小細工をした。取り調べに疲れ果てて弱気になり、刑事たちが喜びそうなことを話した。誘導尋問に乗っかってやったわけさ。小便も洩らしたし、刑事たちの前で泣いたりしたんだ。名演技さ。刑事たち、嬉しそうだったぜ。自白に追い込んだわけだからな。もっとも、自白はしたけど、調書に署名はしなかった。頭がおかしくなった振りをしてごまかしたんだ。万が一、起訴されて裁判になったとき、署名入りの調書があると厄介なんだ。おまえも覚えておくといい。何を言ってもいいけど、調書にだけは絶対に署名するな」

「豆知識だね」

「そうさ。で、奴ら、駄目押しするつもりで、おれを面通ししたんだ」

「面通し？」

「テレビや映画で観たことないか？　壁際に何人かずらりと並べて、マジックミラー越しに被害者があれが犯人です、と刑事に教えるわけだ。調書と目撃者が揃えば一巻の終わり。有罪確定」

「その被害者って……」

「市村早苗っていう女だろう。おまえが襲った女。手強い女だったよな。あのとき、顔を見られただろう？」

「うん、見られた」

「面通しされて、助かったと思ったよ。だって、市村早苗が見たのはおまえで、おれじゃないからな。おれを犯人だと指差すはずがない。それでも調書に署名してたら強引に起訴されたかもしれないけど、署名はしなかったし、そんなときに、おまえが新たな事件を起こしてくれた。おかげで、おれは自由の身だ。感謝してるぜ」

「これからのことなんだけど……」

「何だ？」

「もう中野ではやめないか？　無理だよ」

「ふうん、無理か……」

「別にこれをやめたいと言ってるわけじゃないんだよ。だけど、やるなら場所を変えるべきじゃないかな。捕まったら元も子もないわけだし、今は金に困っているわけでもないしさ」

おれは内心、ドキドキしていた。翔太が反対するのではないか、と心配だったからだ。事件が騒がれるようになり、警察の警戒が厳しくなってから、一度、同じ提案をしたことがあったが、翔太は笑って相手にしてくれなかった。どこかスリルを楽しんでいるようなところがあったのだ。

今回は、たまたま捕まったのが翔太で、翔太が事件を起こしたわけではなかったから、何とか釈放された。

しかし、それは運がよかっただけだ。翔太ではなく、おれが捕まっていたら、それこそ一巻の終わりだったのだ。そんな想像をするだけで恐ろしくなる。

翔太が反対しても、何とか説得しなければならないとおれは考えていたから、

「そうだな。もう中野でやるのはやめよう」

と、あっさり翔太がうなずいたときには拍子抜けしそうになった。

「他の場所でやるのもいいけど、先にやっておかなければならないことがある。わかるよな？」

「え」

そう言われても、ピンとこなかった。

「わからないか？」

「わからない」

「あの女さ。市村早苗」

「どうするの？」

「決まってるじゃないか。殺すんだよ。おまえの顔を見てるんだぜ。おれじゃなくて、おまえが捕まってたら、面通しで、あの女に犯人だと言われて、おまえ、終わりだったんだぞ。あの女が

生きている限り、おまえは安心できないし、おまえが捕まれば、おれだって終わりだ。つまり、あの女には死んでもらうしかないのさ」

「……」

「嫌か？　やりたくないか」

「そうは言わないけど……。でも、居場所もわからないのに……」

「調べるさ。今の世の中、金さえケチらなければ、大抵のことは調べられるんだ。まあ、見てろ。おれがちゃんと探り出す。居場所がわかったら、二人でやりに行くぞ。いいな？」

「あ、ああ、もちろんさ」

おれは、うなずくしかなかった。

五

七月二三日（木曜日）

野方署に設置された捜査本部では九時から朝の会議が行われる。取り立てて話し合うことがなければ、事務的な連絡事項が伝えられて、すぐに終わる。

八時半を過ぎると、ぽつりぽつりと捜査員が部屋に入ってくる。

三島班のメンバーたちが部屋に入ったのは八時四五分くらいだ。もちろん、もっと早めに野方署には来ていたものの、会議室に入っても特にすることもないので、他の場所で時間を潰していたのである。

「吉見さん、どないしたんやろ？」

大岡が首を捻る。鉄太郎が現れないので遅刻ではないかと心配しているのである。

「遅刻なんかしたら、管理官に何を言われるかわからんで……」

部屋に入ると、大岡が、おっと声を上げる。

「吉見さんや……」

いつも三島班が陣取っているあたりに鉄太郎が一人でぽつんと坐っている。

「どうしたんだい、こんなところで一人きりで？」

田代が声をかける。

「どうしたってことはないだろう」

むっつり顔で鉄太郎が言う。

「早く来てたのかい？」

「ああ、一時間くらい前にな」

「資料を読み返していたんですか？」

賢人が訊く。

「まあ、な」

「ふうん、それは犯人のプロファイリングやないですか。管理官が『ブロフォイリング』と言い間違ったのを、あんなに馬鹿にしてはったのに」

「うるせえよ、偽大阪人が」

鉄太郎が顔を顰める。

「ほら、みんな、坐って」

三島が席に着くように促し、自分の席に坐りながら、さりげなく鉄太郎に黙礼する。

やがて、捜査会議が始まる。

六

捜査会議は、すぐに終わった。

三島たちは、一度、本庁に戻ることにしたが、鉄太郎と賢人だけは残ることにした。

「随分、熱心やないですか」

大岡が茶化す。

「担当区域に全然馴染《なじ》みがないから、今日も歩くのさ」

鉄太郎が面白くもなさそうに言う。

野方署を出て、賢人と二人で肩を並べて担当区域に向かう。

「プロファイリングを読み直したんだけどな」

「はい？」

「この犯人、頭がいいよな。そう思わないか？」

「思います」

賢人がうなずく。

「だから、まだ捕まってないわけですから」

「捕まりたいなんて、これっぽっちも思ってないよな？　ほら、犯人の中には、早く捕まえてくれと思いながら犯行を繰り返すような奴だっているらしいけど」

「思ってないでしょうね。この犯人は金銭目的だけで若い女性を襲っているのではなく、犯行そのものを楽しんでいるような気がします。捕まったら、もう楽しめませんからね。終わらせたいとは思ってはいないでしょう」

「じゃあ、どうして同じような場所で女性を襲うんだろうな？　プロファイリングで犯人の職場や自宅がどの範囲にあるか絞り込んでるし、次の犯行がいつどこで行われるのかってことも予想されてる。だから、月初めの金曜の深夜、そういう場所に多くの捜査官が張り込んでたわけだ。犯人にだって、わかってたはずだぜ、頭がいいんだから」

「実際、一度は犯人を追い詰めたわけじゃないですか。沢村翔太を誤認逮捕しなければ、真犯人の逮捕に成功していたかもしれません」

「だけど、その真犯人は、またやりやがった」

「こういう言い方は不謹慎かもしれませんが、この前は油断してましたよね、警察が」

「沢村翔太を犯人だと決めつけたせいで、一気に警戒を緩めちまったからな」

「そうです」

「だけど、あいつは、もう釈放された。真犯人が別にいるってことがはっきりしたからな」

「また、やるでしょうか？」

「おまえなら、やるか？」

「え」

「おれなら、やらない。次は捕まるよ。いつまでもツキに恵まれるってことはないからな。頭の悪い犯人ならやるかもしれないが、この犯人は頭がいいからやらないな。犯人は何を考えてるのかな……」

鉄太郎が足を止め、空を見上げて、ふーっと大きく息を吐く。

「犯人の立場になって考える」

賢人がつぶやく。

「ん？　何か言ったか」

「今までは捜査員の立場から事件を眺めていました。犯人の立場から考えると、どうなのかなと思って」

「どういう意味だ？」

「昨日、吉見さん、面通しのことを口にしましたよね？」

「ああ、あれな。市村さんが自分を襲ったのは沢村翔太ではない、と断言したって話だろ。だけど、そのことは報道されてないんだから犯人は知らない。そう、おまえが言ったぜ」

「言いました。だけど……」

そうか、と賢人が自分の頭を叩く。

「犯人は市村さんに顔を見られたと自覚しているんですよ。だから、沢村翔太が面通しされることも、その面通しで市村さんが沢村翔太が犯人ではないと言うこともわかっていたはずじゃないですか。つまり、起訴されるはずがない、と見切っていたんじゃないでしょうか」

「それで？」

「いずれ沢村翔太は不起訴になって釈放される、だから、警察の警戒が緩んだ隙に、もうひと仕事やろうと考えた」

「そのひと仕事は中野じゃないと駄目なのか？」

「プロファイリングにも書いてあったはずですよ。犯人は土地勘を重視しているんです。確かに普通に考えれば、違う土地で犯行を起こす方が警察に捕まるリスクは小さくなりそうですが、見知らぬ土地で土地勘を磨くには時間がかかる。だから、馴染みのある中野でまた事件を起こした。でも、もう中野ではやらないと思います。沢村翔太が釈放されたことで、また警戒が強まるとわかっているでしょうから」

「これを最後にして、次の犯行は他の土地でやろうって腹か。それじゃ、捕まえようがないな」

鉄太郎が舌打ちする。

「もう少し犯人の立場で考えてみましょう。プロファイリングにちゃんと書いてあったじゃないですか。凶悪な事件を連続で起こすような犯人は手口を変えないんです。もう形ができあがっているわけです」

「ああ、それは、わかる」

　鉄太郎がうなずく。

「柔道なんかでも、背負い投げや一本背負いが得意で、その技でいくらでも勝てるようになると、その技に磨きをかけるようになる。わざわざ他の技で勝とうとは考えなくなる。似たようなことだな」

「ぼくが言いたいのは、他の土地で、同じ手口で犯行を起こし、その犯人が捕まった場合、当然、中野の連続犯と同一の犯人ではないか、と疑われるということです。その場合……」

「市村さんの面通しか」

「そうです。それが決め手になります。決定的な目撃証言ですからね。すでにモンタージュ写真や似顔絵の作成も行われていますが、つまり、それくらいはっきりと市村さんは犯人の顔を見ているということです。しかも、犯人は、それを自覚している」

「まさか、市村さんを狙うってか」

「考えられませんか？」

「おれだったら……。いや、違うんだよな。おれならどうするかという話ではなく、犯人ならどうするかという話なんだよな。おまえが言ったように、犯人になったつもりで考えないと意味がないわけだ」

「はい」

「そうか……」

鉄太郎が思案する。

やがて、そうかもしれない、とつぶやく。

「犯人なら、市村さんの口封じを考えるだろうな。金のために、見ず知らずの若い女性を平気で背後から刺せる奴だ。口封じをためらったりはしないだろう。そんなことになったら……」

「警察は決定的な切り札を失うことになります。この犯人が場所を変えて新たな犯行を起こすことを考えていれば、捜査は振り出しに戻りますよね」

「捜査会議で、市村さんの話は出なかったよな？」

「出ませんでした」

「てことは、上の連中は市村さんの安全を心配してないってことだよな？」

「いかにして新たな犯行を未然に防ぐか、そればかり聞かされた気がします」

「よし、野方署に戻るぞ」

「え？」

「あんな中野駅から遠いところに犯人なんか現れるはずがないぜ。巡回するだけ無駄だ。そう思わないか？」

「確かに……でも、命令ですから」

「もっと大事なことがあるだろうが」

「市村さんの警護ですか？」

「ああ」

すでに鉄太郎は踵《きびす》を返して、野方署へ戻る道を辿り始めている。

「野方署に戻って、どうするつもりですか？」

「決まってるだろうが。市村さんの警護役を志願するんだよ」

「この推測を上に話して、警護をつけることを進言すれば済むのではないでしょうか」

「駄目だな」

鉄太郎が首を振る。

「せいぜい、近くの交番勤務の巡査に市村さんの自宅付近の巡回を増やせと指示する程度で終わりだ。そんなのんきなことをしていたら、市村さん、犯人にやられちまうぜ」

「それほど切迫した状況なんでしょうか？」

「そう思わないのか？」

「思うも何も、すべては推測で何の根拠もありませんから……」

「青いな。刑事を長くやると刑事の勘てものが働くようになる」

「勘ですか」

「そうだよ、勘だ。その刑事の勘が一刻も早く市村さんのところに向かえと言ってるのさ」

鉄太郎が小走りに野方署に戻っていく。

仕方なく賢人も鉄太郎を追う。

（本当に、これでいいのだろうか……）

犯人の立場で考えてみよう、と口にしたのは賢人である。

だが、厳密に言えば、それは賢人の考えではなく、ソクラテスのアドバイスなのだ。

土曜日の夜、ソクラテスは、

「物事を一面からではなく、様々な角度から見なければならない。そうすれば、きっと真実を見付けることができるだろう」

と言った。

それが賢人の頭に残っていた。

大して難しいことではないように思えるが、実際は、そうではない。事件が発生した当初であれば、様々な可能性を考えて検討するのは当たり前だが、捜査が進展し、様々な証拠も手に入り、明確な捜査方針が示される段階になると、その捜査方針に沿った見方しかできなくなってしまいがちなのである。

この事件に関して言えば、次の事件が中野区内でまた起こるであろうという前提で捜査方針が立てられている。思考が柔軟性を失ってしまうのだ。

そもそも賢人自身、証人としての市村早苗の重要性を、しっかり認識していたとは言えない。犯人になったつもりで考えていくうちに、その重要性に気が付いたのである。

市村早苗の警護を進言するのは正しいと思うが、鉄太郎がやたらに張り切って野方署に向かう姿に、賢人は一抹の不安も覚える。自分が警護するつもりでいるが、そう簡単に許されるとは思えないし、許されないからといって素直に引き下がるような男でもない。

（また問題を起こしたら、どうしよう……）

そう考えると不安で仕方がない。

七

鉄太郎と賢人は野方署に戻った。

三島班も含めて、本庁捜査一課の捜査員たちはほとんど本庁に戻ったし、野方署や中野署の捜査員たちも出払っているので、会議室には誰もいない。閑散としている。

「どうします、一度本庁に戻りますか?」

賢人が言う。

「ううむ……」

「何をするにしても、ちゃんと許可をもらわないとまずいですよ」

犯人が現れそうにない地域を巡回するより、犯人の顔を目撃している重要な証人、市村早苗の身辺警護をする方が緊急を要するという鉄太郎の判断は間違っていないと賢人も思うが、許可なしに勝手なことをすれば、鉄太郎も賢人も処分を受ける。警察という厳格な縦社会の組織では、何をするにしても、きちんと手続きを踏んで上司の許可をもらう必要があるのだ。

ましで、先週、上司を殴って停職処分を受けた鉄太郎が、ここでまた何らかの問題を起こせば、更に重い処分を受けるのは確実である。それがわかっているから、鉄太郎が暴走しそうになったら、何としてでも賢人は止める覚悟でいる。

「そうだな。本庁に戻るか」

ぼそっと鉄太郎がつぶやく。

(よかった……。吉見さんも自分の置かれている立場を少しは自覚しているらしい)

賢人が安堵の吐息を洩らす。

二人が会議室から廊下に出る。

そこで、ばったりトミカに出会《でくわ》した。宇田川管理官だ。

「何だ、びっくりするじゃないか。何をしてるんだ?」

鉄太郎とぶつかりそうになり、宇田川は何歩か後退しながら言う。

「ちょうどよかった……と言っては失礼ですが、管理官にお願いがあるんですよ」

鉄太郎が宇田川に向かって一歩踏み出す。

「何だ、いったい?」

宇田川が更に後退する。

「あのですね、わたしと岩隈の担当区域なんですが、たぶん……いや、たぶんじゃないな、ほぼ確実に犯人は現れないと思うんですよね」

「何だと?」

宇田川がじろりと鉄太郎を睨む。

「あんなところで無駄な時間を過ごすくらいなら……」

「あ、吉見さん、ちょっと待って下さい」

賢人が慌てて鉄太郎の発言を止めようとする。鉄太郎の説明の仕方がまずく、このままでは宇田川を怒らせるだけになりそうだと危惧したのだ。証人としての市村早苗の重要性を強調し、ぜひ、その警護を任せてほしいと言えばいいだけなのに、今の担当地域の巡回は無駄であるかのような言い方をすれば、与えられた仕事に不満があるから市村早苗の警護をしたいと言い出したのだろうと邪推されかねない。宇田川が臍を曲げてしまえば、それで話は終わってしまうし、宇田川の対応に鉄太郎が反発すれば何が起こるかわからない。

「わたしから説明させてもらえませんか？　お願いします」

「おまえが？　ふんっ、まあ、いいさ。管理官に説明してあげてくれ」

鉄太郎が肩をすくめる。

「今朝の捜査会議の後、こんなことを考えたのです……」

今後、犯人が中野で事件を起こす可能性は低く、場所を変えて事件を起こす可能性が高いと思われるが、犯人にとって、喉に刺さった魚の骨のような存在が市村早苗である。どこで事件を起こそうと、警察に捕まって面通しされれば、それが自分を襲った犯人、すなわち、中野で連続事件を起こした犯人だと証言できるからだ。

逆に考えれば、市村早苗の証言がなければ、今後、他の場所で犯人を逮捕したとしても、それが中野の犯人と同一犯かどうか判断することはできない。

「場所を変えて犯行を繰り返したとして、そいつを捕まえた場合、どうして、そいつを中野の犯人と結びつけて考えられるんだ？」

「たぶん、手口を変えないからです」

いくつもの成功体験がある凶悪犯は自分のやり方に自信を持っているから、そう簡単に手口を変えることはないのだ、と賢人が説明する。プロファイリングでも指摘されていることだが、そのことは敢えて口にしなかった。

「まだ捕まってないわけだから、慌てて手口を変える必要もないってことか」

なるほどなあ、とつぶやきながら宇田川がうなずく。しばらく考えてから、

「わかった。市村さんの身辺警護については、改めて考慮してから対応する」

宇田川が歩き去ろうとする。

「待って下さいよ」

鉄太郎が宇田川の腕をつかむ。

「何の真似だ？」

宇田川がハッとしたように顔を引き攣らせる。

「いや、別に。話を聞いてほしいだけですよ」

鉄太郎が慌てて手を離す。

「話なら、今、岩隈から聞いた。対応すると言っただろうが」

「そうじゃなくてですね。つまり、おれの言いたいのは、その身辺警護、おれたち二人に任せてほしいってことなんですよ」

「は？」

宇田川が怪訝な顔になる。

「おまえたちが身辺警護だと？　何を言ってるんだ。おまえたちには、おまえたちの仕事があるだろうが。余計な心配はしなくていい」

「ですから、それを、さっき、おれは言ったわけですよ。あんな中野駅から遠いところを担当区域にされたって、何の意味も……」

「違うんです」

賢人が二人の間に割って入り、鉄太郎の口を封じる。

「わたしたちが心配しているのは、身辺警護といっても、人員の手配やら何やらで今すぐに対応するのは難しいでしょうが、わたしたちなら、すぐにでも動けるという意味なんです。そうですよね、吉見さん？」

「ああ、まあ、そうだな」

鉄太郎が仏頂面でうなずく。

「それほど緊急を要することなのか？　おまえの口振りだと、まるで犯人が市村さんを血眼で捜し回って、今にも襲いかかりそうに聞こえるが」

「知りませんよ～っ、万が一、手遅れになったら、誰が責任を取るんですかね？　重要証人が犯人に襲われたりしたら、マスコミに徹底的に叩かれるでしょうねえ。岩隈、今の時間、正確に記録しておけよ。おれたち、ちゃんと管理官に身辺警護を提案したからな。あ、そうだ。日報にも書いておかないとな」

「嫌みったらしいことを言うな」

宇田川が舌打ちする。

しかし、鉄太郎の言葉が気になるらしく、何事か思案を始める。きちんと手続きを踏んで市村早苗の身辺警護をするとなれば、その手配に時間がかかる。どんなに急いでも、今すぐ、というのは無理だ。鉄太郎の言うように、身辺警護が間に合わず、市村早苗が犯人に襲われたら、警察の落ち度としてマスコミが大騒ぎするのは間違いない。その責任を取らされるのは真っ平である。

（どうせ役に立たない奴らだしな）

宇田川は、この二人には何の期待もしていない。

だからこそ、犯人が現れそうにない区域を担当させたのだ。宇田川なりの意地の悪さである。

「いいだろう。行け。だが、身辺警護態勢が整うまでの繋ぎだからな。それを忘れるなよ」

「ありがとうございます」

賢人が頭を下げる。

「おい、吉見」

「はい、何でしょうか？」

「いい気になるなよ」

吐き捨てるように言うと、宇田川が去って行く。

「ふんっ、馬鹿野郎が」

鉄太郎が舌打ちする。

「吉見さん」

「わかってるよ。余計なことは言わないって」

「お願いしますね」

「早く市村さんに連絡を取れよ」

「あ、そうでした」

市村早苗の自宅住所も携帯の番号も知らないのだ。野方署の刑事課に行って調べなければならない。賢人が足早に刑事課の方に向かう。

鉄太郎は、窓からぼんやり外の景色を眺める。

（トミカみたいな間抜けに頭を下げないと何もできないなんてなあ。警察ってのも不自由な組織だぜ）

刑事としての仕事は好きだが、人間関係の煩わしさは本当に嫌になる。それは昔から変わらない。いくつになっても慣れることができない。

特に、上司が気に入らない奴だと、仕事をする気まで失せて投げやりな気持ちになってしまう。如才ない田代など、上とは適当にやっていればいいんだよ、ホウレンソウさえ忘れなければ機嫌がいいんだからさ、と涼しい顔をしている。

（ホウレンソウねえ。報告、連絡、相談……言いたいことはわかるけど、それこそ時間の無駄ってもんだ）

今は直属の上司が三島だから何とかやれているが、そうでなければ、とっくに現場を外され、閑職に追いやられていたであろう。いかに腕利きのベテランであろうと、組織に馴染むことができず、上司の指示に素直に従うことのできない者は捜査員失格の烙印《らくいん》を押されて、組織から弾き出されてしまうのだ。

「吉見さん」

刑事課から戻ってきた賢人が声をかける。

「ん？」

鉄太郎がハッとする。

「市村さんに電話してみたんですが、出ないんです」

「自宅にか、それとも携帯にか？」

「どっちもです」

「連絡が取れないんじゃ困るなあ」

「とりあえず、自宅に行ってみますか？　ここから近いですし。在宅していて電話に出ないということもありますからね」

「手が離せなくて電話に出られないってことだな。留守電は残したのか？」

「はい、どっちの電話にもメッセージを残しました。わたしの携帯に電話するようにお願いしました」

「そうか。よし、ここで待っていても仕方ない。自宅に行ってみるか」

八

野方署を出た鉄太郎と賢人は中野通りを新井薬師《あらいやくし》の方に歩いて行く。新井薬師を過ぎると西武新宿線の線路にぶつかる。右に行くと新井薬師前駅だ。線路を渡ってから右手の小路に入る。

「この先の暗がりで襲われたんだったな」

鉄太郎が言う。

「はい。日中でも、そんなに人通りの多い場所ではなかったようですね」

「犯人は中野駅から後をつけたんだよな。そこの西武新宿線の駅を使っていれば、襲われたりしなかっただろうに」

「いつも中野駅を利用していたわけではなく、西武新宿線で帰宅することもあったようです。たまたま中野駅を使った日に被害に遭ったということなんでしょう。たぶん、仕事の場所のせいで、そうするしかなかったんじゃないですかね」

賢人が言うと、

「仕事なあ……。仕事って、つまり、風俗だったわけだよな?」

「そうですね」

「頭ごなしに風俗を否定するつもりはないし、風俗で働くことを見下すつもりもない。おれなんか、そんなきれい事が言える人間でもないしな。最近はどうなのか知らないが、おれが子供の頃は、親の借金を背負わされたり、亭主が重い病気で働けなかったり、つまり、自分の身内の尻拭いをするために否応なしに風俗で働く女たちがいた。若い女が大金を稼ぐには体を売るしかなかったからだ。近頃は、どうなのかね？　そんな浪花節《なにわぶし》みたいな話はあまり聞かないよな。ホストクラブで散財したり、いい服やバッグを買ったり、海外旅行に行ったりするために体を売って稼ぐんじゃないのかね？　これって、偏見か？」

「あまり大きな声で言うべきことではないと思いますが」

「それだって、本人次第なんだから否定はしない。そんな理由で体を売るなんて、おれは気に入らないってだけのことさ。だけど、この市村さんという女性は違うよな。自分の学費を稼ぐために風俗で働いていたと聞いた。違ったか？」

「その通りです」

賢人がうなずく。

「おれにも娘がいる。年齢は少し上だが」

「大手の広告代理店に勤めていらっしゃるんですよね？」

「なぜ、知ってる？　おれ、言ったか？」

鉄太郎がじろりと賢人を睨む。

「以前、飲み会で……」

「そうか。おれがしゃべったのか。事情があって、大学生の頃から一緒には暮らしてない。事情といっても、おかしな事情じゃない。変な想像をするなよ」

「してませんよ」

「女房のおふくろさんが一人暮らしをしていて、年を取って弱ってきたから、娘を同居させて、おふくろさんの様子を見させたというだけのことだ。世話をしたわけではなく、単なる見守りな。たまたま、おふくろさんの住んでいるマンションが娘の大学の近くだったんで、娘にも都合がよかったんだ」

それだけのことだ、と鉄太郎はつぶやくと、

「大して給料が高いわけでもないが、娘の学費はちゃんと払ってやった。小遣いは足りなかっただろうから、バイトはしてたみたいだが、風俗で仕事しなければならないほど追い詰められてはいなかったはずだ。おれが貧乏なせいで、娘の学費も払えず、そのために娘が風俗で稼ぐなんてことになったら、おれは、たまらんな……」

ふーっと深い溜息をつく。

「市村さんのところは母子家庭ですよ。吉見さんのところとは全然違いますよ」

「うるせえな、わかってるよ。例え話だろうが。察しろよ」

ちっ、と舌打ちする。

「すいません」

賢人が頭をかく。

「親は知ってるのか?」

「何をですか?」

「学費稼ぎのために娘が風俗で働いてたってこと」

「どうなんでしょう……。知らないんじゃないですか。被害に遭う前から知っていれば話は別ですけど、何も知らないのに捜査員の方から敢えて話すようなことでもないと思いますしね」

「そうか。だとしたら、おれたちも注意しないとな。うっかり口を滑らせたりしたら、まずいよな。肝に銘じておかなくては……」

　鉄太郎は自分に言い聞かせるように、注意しなければ駄目だぞ、と何度も繰り返す。

　やがて、市村早苗が母親と暮らしているアパートに着く。古ぼけた、みすぼらしいアパートである。その外観を見ただけで、楽な生活ではないのだろうなあ、と鉄太郎は察する。

　そのアパートは一階と二階にそれぞれ四部屋ずつある。市村早苗の部屋は二階だ。

　鉄太郎と賢人は、外階段を使って二階に上がる。

　チャイムを鳴らしても応答がない。

「市村さん、いらっしゃいませんか」

　賢人がドアをノックして呼びかける。

　それでも応答がなく、室内に人の気配も感じられない。

「いないみたいですね。どうしましょうか、困りましたね」

　賢人が鉄太郎に顔を向けたとき、隣の部屋のドアが開き、白髪頭の老婆が現れる。

「何か市村さんにご用？」

「警察です」

賢人が警察手帳を提示する。

「ああ、早苗ちゃんの事件ね。ひどいことをする奴がいるわねえ。犯人が捕まったんですか？」

「いいえ、それは、まだです」

「しっかりして下さいよ。わたしたち一般庶民は、警察がしっかりしてくれないと安心して眠れやしませんよ」

ぶつぶつ言いながら、ドアに鍵をかけ、階段の方に向かおうとする。

「市村さん、お留守なんですかね？」

鉄太郎が訊く。

「この時間だもの、須美子《すみこ》さんは仕事だし、早苗ちゃんは学校でしょうよ。偉いわよねえ、あんな事件の後でもちゃんと学校に通ってるんだもの」

「お母さんの職場は、この近くですかね？」

「ええ、駅前のおにぎり屋さん。すごくおいしいのよ。おにぎりだけでなく、手巻き寿司も絶品だわね。わたしもよく買うのよ。こんな年寄りだから、たくさんは食べられないんですけどね」

「何ていう店ですか？」

「中島屋さんよ」

九

　その店は新井薬師前駅の近くにある。古びた木造の店舗で、間口も狭く、道路に張り出したショーケースで店頭販売しているだけだが、客の姿は途切れることがない。二人の店員が忙しげに接客している。店の奥ではマスクをした割烹《かっぽう》着《ぎ》姿の店員たちがせっせとおにぎりを握ったり、手巻き寿司を拵えたりしている。店員は女性ばかりで、高齢者が多いようだ。ショーケースには、何種類かのおにぎりと手巻き寿司、それ以外に、卵焼きや漬物、煮物などの惣菜も並べられている。

「何でしょうか、忙しい時間帯なので、あまり時間はないんですが……」

　店の外に呼び出された市村須美子は、気遣わしげに横目で店の様子を窺いながら、鉄太郎と賢人に言う。一人が抜けると、その負担が他の店員たちにのしかかるとわかっているのだ。

「早苗さんにお目にかかりたいのですが、連絡が取れないんです。携帯の電源を切っていらっしゃるようなのです」

　賢人が言う。

「学校にいるからじゃないですか。授業中は電源を切らないといけないらしいですから。電源を切り忘れて授業中に電話がかかってきたりすると、先生たちがものすごく怒るらしいんです。だから、うっかり電源を切り忘れたりしないように、学校に入るときに電源を切ってしまうと聞いたことがあります」

　須美子が説明する。

「今日は何時頃にお帰りになるかわかりますか？」

「日によって違いますから何とも言えません。早いときでも六時前ということは滅多にありませんし。今日は、バイトだと言ってましたから、帰りは遅いと思いますよ」

「もうバイトを始めてるんですか？」

　賢人が訊く。

「無理しない方がいいんじゃないかと言ったんですけど、やはり、お金は必要ですから」

「以前と同じ居酒屋ですか？」

「飲食店ですが、居酒屋ではないようです。お鍋のお店らしいです。ちゃんこだったかしら」

　須美子は、渋谷にあるという、その店の名前を口にした。

「学校に訪ねていっても構わないでしょうか？」

「何か急ぎの用事なんですか？」

「どうしても、ご協力をお願いしたいことがありまして」

　賢人は当たり障りのない返答をする。犯人が市村早苗の命を狙うかもしれない、とは言えなかった。そんなことを口にすれば、須美子はパニックを起こすであろう。明確な証拠でもあれば話は別だが、今の段階では賢人と鉄太郎の推測に過ぎないから、あまり刺激の強い言い方はできないと判断したのだ。

「そうですか。犯人が捕まらないと、こうして、いつまでも早苗が協力させられるわけですね」

須美子が溜息をつく。

「申し訳ありません。わたしたちも努力しているのですが」

「授業中に呼び出すのでなければ構わないと思いますよ」

「念のためにお母さまからもメールをしておいていただけませんか？　わたし宛てに電話するように、と」

賢人が名刺を差し出す。

「岩隈さんに電話するように言えばいいんですね？」

「お願いします」

「わかりました。メールしておきます。もういいですか？」

「はい。結構です」

「それじゃ」

須美子は一礼すると、小走りに店に戻る。

すぐに忙しげに働き始める。

「行ってみるか、学校に」

「会えるでしょうか？」

「どう思う？」

「学校で会えればいいなと思ってはいますが」

「うん。おれも同じ気持ちだ。学校にいないと厄介だからな」

鉄太郎がうなずく。

一〇

市村早苗は、午前中の授業には出席していたが、学校にはいなかった。同じ授業に出ていた学生たちによれば、昼休みになると、今日はもう学校には戻らないと言い残して帰ってしまったという。学生によって選択している科目が違うから、早苗の行動を不自然に感じる者もいなかった。

「電話してみろ」

鉄太郎が賢人に言う。

「はい」

賢人が早苗に電話する。やがて、駄目です、やっぱり繋がりません、と首を振る。

「お母さん、メールしてくれたでしょうか？」

「律儀そうな人だったから、ちゃんとメールしてくれただろう」

「それなら、なぜ、電話してくれないんでしょうね？」

「電話したくないからじゃないのかな」

「どういう意味ですか？」

「つまり、今は邪魔が入ると困るってことだ」

「え？」

賢人が、一瞬、怪訝な顔になるが、すぐに鉄太郎が何を言いたいのか察し、

「でも、市村さんは、あの事件の後、仕事を辞めたんですよ」

「それは真っ当なバイトの方だろう？」

市村早苗は、風俗の仕事で学費を稼いでいたが、週に何度か居酒屋でもバイトをしていた。風俗とは比較にならないほどバイト料は安いが、母親の目をごまかすために、風俗のカモフラージュとして、敢えて普通のバイトもしていたのだ。

「いいえ、居酒屋も風俗も辞めたはずです」

「で、今は、ちゃんこの店でバイトか？」

「お母さんがそう言ってましたね」

「その店の営業時間を調べてみろ」

「はい……」

賢人が携帯を取り出し、ネットで、その店について調べる。

「平日は一八時からですね。土日は一七時です」

「ランチ営業は？」

「していないようです」

「ということは、市村さんはそのバイトに行ったわけじゃない。あっちの方は仕事を辞めたのではなく、店を替わっただけかもしれないぞ」

「そう決めつけるのは性急だと思います。買い物してるとか、友達と会ってるだけかもしれませんし」

「それなら、なぜ、電話してこない？」

「映画でも観てるのかも。映画館にいるのなら、携帯は見ないでしょうから」

「おまえ、本気でそう思ってるか？」

「いや……」

賢人が首を振る。

「そうですね。また風俗の仕事を始めたのかもしれませんね。学校に通うにはお金が必要だという事情は変わらないわけですから。ちゃんこ店の仕事をするだけで学費を賄えるとは思えません」

「さて、困ったぞ。どうするかな……」

「午後、風俗のバイトで、夜はちゃんこのバイトだとすれば、あと五時間くらいすれば、ちゃんこ店で市村さんに会えますよ」

「それまで待つってことか？」

「それじゃ駄目でしょうか。危険がありますか？」

「さあ、どうだろう。おれには何とも言えない」

「バイト中は危険はないでしょうし、バイトが終わるのを待って家まで送ればいいんじゃないでしょうか。事情を説明して、明日からは常に所在がわかるようにしてもらい、家や学校やバイト先にいるとき以外は、わたしたちが身辺警護をする」

「そうだな」

「夕方まで、どうしましょうか？　一度本庁に戻りますか？　班長にも説明しておいた方がいいと思いますし」

「うむ……」

鉄太郎は何事か思案している。

二

「あの女が生きている限り、おまえは安心できないし、おまえが捕まれば、おれだって終わりだ。つまり、あの女には死んでもらうしかないのさ」

翔太の表情には何の迷いもなかった。まるで、一足す一は二、二足す二は四だろ、というのと同じように。

見ず知らずの若い女性を襲い、ナイフで刺して金品を奪った。

言い訳がましく聞こえるだろうが、相手を殺そうと考えたことは一度もない。相手に抵抗されないようにダメージを与えようとしただけだ。決して急所は狙っていない。

もちろん、相手の女性たちは大怪我をしたが、それで死んだ人はいない。心のどこかで、おれは犯罪者には違いないが、少なくとも人殺しではない、という気持ちがあったのは事実だ。捕まったときに、少しでも罪が軽くなるだろうと期待したわけではない。そういうことではなく、人として越えてはならない最後の一線だけは越えずに踏みとどまっている、だから、おれはまだ人間であって獣ではない……そんな風に言えばいいだろうか。

しかし、翔太は、そうではない。

おれとは違う。

もう一線を越えてしまった人間だ。人間の姿をした獣なのだ。何のためらいもなく、市村早苗を殺すしかない、と翔太が口にするのを聞いて、おれは翔太の正体を知った。翔太と知り合って、二人で女性を襲うようになってからは、まだ誰も殺してはいない。

だが、それ以前、いつのことかはわからないし、どこでやったのかもわからないが、翔太は間違いなく人を殺しているはずだ。

今までも翔太を怖いと思ったことは何度かあったが、そのときは心の底から怖くなった。小便をちびりそうになったほどだ。冷や汗が背中を伝い、体の震えが止まらなかった。

できれば断りたかった。

警察に捕まりたくはなかったが、もう罪を犯すのは嫌だった。どれほど貧しくても、どれほど苦労や努力が報われなくても、それでも女性の背中をナイフで刺して金品を奪うよりは、ましではないかと思った。たぶん、それが人間らしさということなのだろう。まだ心のどこかに人間らしさがわずかでも残っているから、もう悪いことなんかしたくないと思うのではないだろうか。

翔太は違う。人間らしさなど、かけらも残っていない。良心など、どこにもない。だから、人を傷つけることも平気だし、自分にとって邪魔な人間をためらうことなく殺そうとするのだ。

翔太のような獣になるのは嫌だったから、できれば断りたかったが、それが無理だということもわかっていた。断れば、翔太は、おれを殺すだろう。

そう、何のためらいもなく。

承知するしかなかった。

最初、翔太は興信所か探偵事務所に依頼して市村早苗の行動を調べるつもりだったようだ。金さえケチらなければ、何でも調べられる、と言ったのは、そういう意味だったのだ。

しかし、気が変わった。

確かに簡単に調べられるだろうが、その後で市村早苗の死が報道されれば、その興信所や探偵事務所が警察におれたちのことを通報するかもしれないからだ。他人の手を借りると、どうしても、そういうリスクが付きまとうのだ。

だから、おれと翔太の二人で調べることにした。

住所は、すぐにわかった。母親の名前が電話帳に載っていたからだ。母子家庭だということは報道で知っていたから、女性の名前で登録されている電話番号に的を絞り、後は手当たり次第に翔太と二人で電話をかけまくった。一時間も経たずに、市村須美子が早苗の母親だとわかった。

市村早苗を中野で襲うつもりはなかった。新たな犯行を警戒しているせいだろうが、夜になると、警察官の姿が明らかに増えるからだ。パトカーも頻繁に巡回している。警察が手ぐすね引いて待ち構えているところに飛び込むなんて自殺行為だ。

やるのなら中野区以外、つまり、市村早苗が学校や仕事に出かけているときと決めていた。
親子二人で暮らしているアパートを、翔太と二人で手分けして見張ることにした。
と言っても、同じ場所にずっと立って見張るのでは不審者と疑われて警察に通報される怖《おそ》れもある。学校に行くとすれば、七時半くらいから八時半くらいまでの間ではないかと推測し、念のために七時過ぎから、アパートの周囲を二人で周回することにした。どの部屋に住んでいるかはわかっていたから、そのうち、市村早苗が外出するのに出会すだろうと期待したのだ。効率的なやり方だとは言えなかったが、第三者の手を借りず、二人だけでやろうとすれば、そうするしかなかったのだ。

おれたちは運がよかった。

見張りを始めて二日目の朝、市村早苗が部屋から出てくるのに出会したのだ。おれが見付け、翔太に連絡した。

二〇メートルくらい距離を置いて、おれは後をつけた。市村早苗は携帯をいじりながら歩いており、周囲にはまったく注意を払っていない。無警戒だ。

(こんな女だったかな)

歩きながら、おれは何度も首を捻った。

市村早苗に会うのは二度目だ。一度目は、言うまでもなく、おれが襲った夜だ。五月八日、金曜日の深夜である。

で、二度目が今日だ。

二ヶ月と二週間ほど経っている。

もし、その部屋から出てきたのでなければ、たとえ間近ですれ違ったとしても、おれは、それが市村早苗だとは気が付かなかっただろう。それほど印象が違っている。服装も化粧も、もっと派手だった。今は、ほとんど化粧っ気がない。

しかし、こっちがわからないとしても、向こうは、おれの顔を覚えているかもしれない。いや、覚えているのだろう。だからこそ、面通しで、自分を襲ったのは翔太ではないと断言したのだ。

おれも、一応、野球帽を被り、伊達眼鏡《だてめがね》をかけている。五月の夜に比べれば、髪も伸びて、少し髪型も変わっているし、髭も伸びた。変装と言えるほどのものではないが、パッと見ただけでは、たぶん、わからないはずだ。

それでも、真正面から顔を見られれば、どうなるかわからないから、常にある程度の距離を置き、何かあれば、すぐにその場から逃れられるように注意していた。

翔太は駅に先回りしていた。

おれがさりげなく指差すと、翔太はうなずいた。

もちろん、翔太も変装している。おれと同じように野球帽を被って伊達眼鏡をかけているのだ。朝の駅には、そんな格好をしている若者は他にもたくさんいるから、おれと翔太が似たような格好をしていてもまったく目立たない。

西武新宿線で新宿に出る。ものすごい満員電車だ。

新宿で小田急線に乗り換える。あまりに人が多いので、人の流れの中で市村早苗を見失いそうになってしまう。翔太と二人で見張っているのが役に立った。

市村早苗は下北沢《しもきたざわ》で降りる。駅で友達に会い、二人で肩を並べて、線路沿いに代田《だいた》の方に歩き始める。このあたりも人通りが多いので、おれと翔太が後をつけても目立たない。

二人は四階建てのビルに入っていく。美容関係の専門学校である。

「ふうん、こんな学校に通ってるのか」

翔太が近付いてくる。

「どうする?」

「このまま見張るしかないよな」

「でも、何時に学校が終わるかわからないよ」

「仕方ないさ」

翔太が肩をすくめる。

「家と学校を往復するだけの真面目な生活をしてたら、こっちは手も足も出ないな」

「そうだね。人通りの多い場所ばかりだから」

「どこかに寄り道してくれるとありがたいな。バイトとかデートとか……。いずれにしろ、学校から出てくるのを待つしかないな」

「このあたりをうろうろするかい?」

「ずっと同じ場所に立ってるのも不自然だから、適当に歩き回った方がいいな。あのビルの入り口から目を離さないようにしようぜ」

「わかった」

翔太が決めたことに逆らう勇気はないから黙って従うしかない。

しかし、内心は、いつ出てくるかわからない市村早苗を待ち伏せすることにうんざりしていた。

昼になれば、食事に出てくるかもしれない。

だけど、きっと友達と一緒だろうし、食事が終われば、また学校に戻るだろう。

夕方まで授業があるとして、あと半日も待たなければならない。その後、翔太が期待しているようにバイトかデートに出かけてくれればいいが、真っ直ぐ帰宅したら、どうなるのか……。

そんなことを考えるだけで、うんざりだ。

そもそも、市村早苗を殺すというのは、今までやってきたのと同じ犯罪行為を他の土地で再び始めるということが前提になっている。

つまり、悪いことを続けるために、もっと悪いことをするということだ。強盗傷害は重罪である。常習となれば、無期懲役になる可能性だってある。

とは言え、殺人ほど重い罪ではない。おれたちは、今後も強盗傷害を行うために殺人を行おうとしているわけだ。

おれは乗り気ではない。

だが、そんなことを口にすれば翔太に何をされるかわからないから、表向きは素直に賛成したに過ぎない。

何より恐ろしいのは、一度、人を殺してしまえば、いずれまたやるだろうとわかっていることだ。今のおれには、まだ良心のかけらが残っている。人間らしさがある。平然と人殺しができるというのは、良心や人間らしさを完全に失うということだ。翔太と同類になるということだ。そんな人間にはなりたくない。人殺しなどしたくない。それが本音だから、市村早苗を見張ることにまったく熱意が持てないのである。

しかし、やるしかない。もう引き返すことなどできないのだ。

お昼に市村早苗は学校から出てきた。何人かの友達と一緒だ。楽しそうにおしゃべりしながら駅の方に歩いて行く。きっと、どこかでランチをして、また学校に戻るのだろうな、と思いながら、彼らの後をつける。

翔太は前方にいる。メールをチェックしている風を装いながら、さりげなく市村早苗の様子を窺っている。

駅の近くで、市村早苗は友達と別れ、一人で駅に向かう。こんな早い時間に真っ直ぐ帰宅するとは思えないから、きっと、デートかバイトなのだろう。

遠目にも翔太が嬉しそうに笑うのがわかった。

おれは市村早苗との距離を詰める。周りに人が多いから、そばにいても目立たないのだ。

市村早苗は小田急線の快速急行に乗り、新宿に戻る。電車を待っている間も、電車に乗り込んでからも、ずっと携帯をいじっており、周囲には注意を払っていない。まったくの無警戒だ。おかげで尾行は楽だ。

新宿で中央線の快速に乗り換える。御茶ノ水で、今度は総武線に乗り換える。

翔太からメールが届く。

「行き先は錦糸町《きんしちょう》じゃないか？　バイトかな」

昔から錦糸町は風俗街だ。店舗型の風俗店は少ないが、派遣型の風俗店はものすごく多い。そのせいなのか、駅の南側にはラブホテルがたくさんある。

デリヘルのドライバーをしていたから、錦糸町の地理には割と詳しい。

翔太の予想通り、市村早苗は錦糸町で降りた。

南口の改札を抜けると、そのまま駅の外に出るのではなく、構内にある駅ビルに入っていく。

何か目的があって入ったというのではなく、時間潰しにぶらぶらしているという感じだ。何度も時間を確認している。二〇分くらい経つと、何も買わずに駅ビルを出る。立体歩道橋を上がって交差点を渡り、住吉《すみよし》方面に歩いて行く。道路沿いには飲食店が並んでいる。信号の手前にコンビニがある。市村早苗は、そこで足を止める。青信号になっても横断歩道を渡ろうとしないから信号待ちをしているわけではない。

道路の反対側から歩いてきた小太りの中年男が市村早苗に話しかける。黒縁の眼鏡をかけ、リュックを背負っている。ラフな格好なので、普通のサラリーマンには見えない。ちょっとオタクっぽい感じである。

市村早苗は笑顔を見せると、中年男に何か答える。

二人が並んで歩き始める。

「まさか、あのおっさんが彼氏ってことはないよな？」

いつの間にか翔太がそばにいる。

「そうだね。仕事なんだろう」

二人は、ラブホテルが建ち並ぶ方に歩いて行き、さして迷うこともなく、古ぼけたラブホテルに入った。すぐ近くにはモダンで洒落た構えのラブホテルもいくつかあるのに、最もみすぼらしいホテルを選んだ。

「けちくさいおっさんだぜ。ホテル代をけちったな」

翔太が顔を顰める。

ラブホテルの入り口には、料金を示すパネルが掲示されている。確かに、そのホテルの最低休憩料金は、他のホテルより二〇〇〇円くらい安い。

「どれくらいホテルにいるかな?」

「九〇分か一二〇分じゃないかな。六〇分ということもある。もちろん、延長すれば、もっと長くなるだろうけど」

「じゃあ、目を離せないな」

「その後、どうする? 仕事が終わって、そのまま家に帰るかもしれないよ」

「そうだな。帰さないようにするしかないな」

「どうやって?」

「もっと仕事をしてもらうってことさ」

「……」

翔太は、それ以上、詳しく説明しようとしなかったが、何か考えがあるらしかった。

ホテルのそばに公園がある。子供の姿はほとんど見当たらないが、中高年の男性たちが何人もいる。ベンチに坐っておとなしく話している者もいれば、地面に寝転がって寝ている者もいるし、ビールやチューハイを飲んでいる者もいる。

おれたちは、ホテルの入り口が見える場所に腰を据えた。

長く待つのは嫌だと思ったが、幸い、中年男と市村早苗は二時半過ぎにホテルから出てきた。どうやら、九〇分コースだったらしい。それとも、六〇分コースで三〇分延長したのか。

二人が待ち合わせたコンビニの前で別れ、今度は中年男が駅の方へ、市村早苗が駅とは反対の方に歩き出す。

「ふんっ、どうせ事務所の待機部屋にでも戻るんだろうさ」

「……」

派遣型の風俗は、事務所の近くにある部屋に女性を待機させ、客から指名が入ると、女性を待ち合わせ場所に向かわせるというやり方をするのが普通だ。

人気のある子だと、一日に五本も六本も指名が入るから、のんびり待機部屋に腰を落ち着ける暇もない。

逆に人気のない子は、朝から待機してもまったくお呼びがかからず、夜になって、お茶をひいて帰ることになる。もちろん、一銭の稼ぎにもならない。指名が入らない限り、無収入なのだ。

多くの指名を取れるかどうかは、いかに多くの馴染み客を抱えているかということで決まる。

初見の客ばかり相手にしていたのでは、とても売れっ子にはなれない。

てっきり市村早苗の後をつけるのかと思っていたら、翔太は、中年男の後を追い始めた。おれには何の説明もしない。

銀行の手前で追いつくと、

「すいません」

と中年男の肩を軽く叩く。

「……」

怪訝な顔で振り向く中年男に、

「さっき、すごくかわいい子と一緒にいましたよね？　ぼくも、あんな子と遊んでみたいんです。店の電話番号と女の子の名前を教えてもらえませんか」

「あんた、何を言ってるの？　おれ、何も知らないし……」

「ここに三万あります。これで教えてもらえませんか？」

翔太がポケットから一万円札を三枚取り出し、中年男に差し出す。

「三万？」

中年男が驚く。

「東北から東京に遊びに来て、明日には帰らなければならないんです。最後に楽しい思い出がほしいんですよ」

「本気で言ってるの？」

「はい」

翔太が中年男の手に三万円を握らせる。

中年男は迷っている様子だったが、三万円の魅力には勝てなかったらしく、

「いいよ、じゃあ、これをあげるからさ」

名刺を翔太に差し出す。

そこには、「ワンダーランドクラブ」という店名と「アリス」という名前が記されている。その下に、「今日は、ありがとうございました。またお目にかかりたいです♡」と手書きで書かれている。裏には店の電話番号が記載されている。シンプルで安っぽい名刺である。

「それじゃ、楽しんで」

思いがけず三万円を手に入れたのが嬉しいのか、中年男は弾むような足取りで横断歩道を渡っていく。それを見送りながら、

「やったな。これで、アリスちゃんは、おれたちのものだぜ」

翔太が笑顔を見せる。

一二

鉄太郎と賢人は本庁に戻るつもりだった。

駅に向かいながら、

「班長に話すのは当然だが、話したところで、おれたちには関係ないことになるだろうな」

「どういう意味ですか？」

「おまえたちは、身辺警護態勢が整うまでの繋ぎだ……そうトミカは言ったんだぜ」

「それは覚えてますが」

「トミカは、おれを嫌ってるし、指示に従わない役立たずだと思ってる。上と相談して、市村さんを警護することになったら、間違いなく、おれたちを外すだろうな。だから、おれたちは、この件とは関係ないってことになる」

「ぼくたちが提案したことなのにですか？」

「緊急を要することだと言ってトミカを納得させ、とりあえず、おれたち二人で市村さんを警護することになったのに、現実には、おれたちは市村さんに接触することすらできていない。それは事実だからな。役立たずと言われても反論しようがない」

「それは、ぼくたちのせいですか？　市村さんがどこに行ったかわからず、連絡も取れないのに……」

「だから、仕方ないってか？　トミカは、そう思わないぜ。おれたちに無能の烙印を押す。おれたちを警護から外す絶好の口実を手に入れるわけだ」

「夜までは、どうしようもないじゃないですか。風俗のバイトに出かけたとしたら、母親にも友達にも秘密にしているでしょうから、どこにいるか調べようがありませんよ」

「お手上げさ。おれたちには何もできない。ま、いいさ。誰が警護しようが、市村さんが安全でいられることが肝心なんだからな。おれたちは、明日からまた犯人が決して現れそうにない場所を巡回すればいい。それで、トミカも満足するだろう」

鉄太郎が投げやりな口調で言う。

「……」

賢人が足を止め、難しい顔で考え込む。

「どうした、行くぞ」

「吉見さん、ぼくに付き合ってもらえませんか？」

「腹でも減ったのか？　別に急いで本庁に戻る必要もないし、電車に乗る前に何か食ってもいいが……」

「そうじゃないんです」

「じゃあ、何だよ」

「説明すると笑われるか怒られるでしょうし、そもそも説明する時間も惜しいので、ぼくを信じてもらえませんか？」

「何だよ、そんなに怖い顔をして……。ああ、いいよ。付き合うさ。忙しい体でもないからな」

鉄太郎がうなずく。

二人は下北沢から小田急線の快速急行に乗った。本庁に戻るのなら、代々木上原《よよぎうえはら》で千代田線に乗り換えればいい。霞ケ関まで、二〇分もかからない。

しかし、賢人は代々木上原では下車せず、そのまま新宿まで乗り続けた。新宿で中央線の快速に乗り換え、御茶ノ水まで行く。ここで今度は総武線の千葉行きに乗り換える。賢人はどこに行くか鉄太郎に言わなかったが、ここまで来れば、さすがに鉄太郎にも想像がつく。

「まさかと思うが、家に帰って飯を食うってことなのか？」

「飯を食うわけではありませんが、家に向かっているのは本当です」

「何のために？」

「ぼくを信じてほしいとお願いしたはずです」

「ふうむ……」

鉄太郎が怪訝な顔になる。

しかし、何も言わない。賢人が何を考えているのか見当もつかないが、

（こいつ、何をするつもりなんだろう？）

という好奇心がある。

だから、黙っている。

賢人は小岩で降りる。

改札を抜けると、

「せっかくだから、何か、お母さんに手土産でも買っていくか？　タコちゃんにも」

鉄太郎がふざけるが、賢人は相手にせず、

「急ぎましょう」

と小走りに駅を出る。

一三

帰宅した賢人を見て、久子が驚く。

しかも、鉄太郎まで一緒だから、

「あら、どうしたの、賢人、こんな時間に……。吉見さんまで……」

と慌てる。

「母さん、ソクラテスは、どうしてる？」

「え？　ソクラテス？　寝てるみたいだけど……」

賢人は靴を脱ぐと、廊下を走ってリビングに走り込む。玄関には久子と鉄太郎が残される。

「あの……何かあったんでしょうか？」

久子が心配そうに訊く。

「いやあ、わたしにもよくわからないのですが、やはり、頭がよすぎるんですかねえ。頭のデキがわたしなんかとは違うから」

鉄太郎が首を捻る。

「あの子、何をするつもりか知りませんが、その間、お茶でも飲んで下さい」

「では、お言葉に甘えて」

「コーヒーの方がよろしいですか？」

「じゃあ、コーヒーでお願いします」


賢人は上着を脱いで、水槽の前に坐り込む。

久子が言ったように、ソクラテスは植木鉢の中に入り込んでおり、姿が見えない。

賢人が指で水槽をコンコンと叩く。何度か繰り返していると、ソクラテスが植木鉢から顔を出す。眠っていたところを起こしてしまったせいなのか、賢人の目には、何となく、ソクラテスが不機嫌そうに見える。

「助けてほしいんだ」

ワイシャツの右袖を二の腕までまくり上げる。水槽の上蓋を外し、右腕を水の中に入れる。

「あんた、何をしてるの？」

リビングに入ってきた久子が目を丸くする。

その後ろにいる鉄太郎も口をぽかんと開けている。

「頼むから、何も言わないでくれ。とにかく、静かにしていてほしい。できれば、ここにいないでほしい」

「でも……」

「頼むと言ってるだろう」

賢人が大きな声を出す。

「彼には何か考えがあるんでしょう。しばらく放っておきましょう」

鉄太郎が口を挟む。

「申し訳ないのですが、台所でコーヒーを出しますので」

「ええ、それで結構ですよ」

「まったく何を考えているのか」

久子が溜息をつく。

二人が台所に行く。

「……」

心を静めるために、賢人が深呼吸する。

何度か深呼吸してから、

「ソクラテス、頼む」

と声をかける。

その声に応えるかのように、ソクラテスが植木鉢を出て、ゆらゆらと水面に上がってくる。何本もの腕を伸ばし、その腕を賢人の腕に巻き付け、吸盤を張り付かせる。

賢人が目を瞑る。

（ソクラテス……）

心の中で呼びかける。

（教えてくれ。おれは、どうすればいい？　市村早苗さんを救うために、おれは何をすればいいい？　おれが心配しすぎているだけかもしれない。こんなに慌てなくてもいいのかもしれない。だけど、気になるんだ。何事もなければいいけど、何かあったらどうしようと心配でたまらないんだ……）

頭の中で、哲学者ソクラテスの肖像を思い描く。賢人の夢に現れたときの姿である。その肖像が何か言葉を発してくれるのを期待する。

しかし、肖像は黙っている。

吸盤は賢人の腕の表面に吸い付き、何かを探るように忙《せわ》しなく動いているものの、賢人の呼びかけには応えてくれない。

ソクラテスの肖像の隣に、市村早苗の写真が現れる。何度となく目にしたから、賢人の脳裏に焼き付いているのだ。

（頼むよ、ソクラテス、何か言ってくれ。おれを助けてくれないか）

目を瞑ったまま、賢人は必死に呼びかけるが、肖像は黙り込んだままだ。

「駄目か……」

ふーっと大きな溜息をつき、気落ちした賢人が目を開ける。

そのとき、

初めに戻れ……。

心の中の中に声が響いた。

「え」

思わず声が出る。

ハッとして、水槽の中にいるソクラテスに視線を向ける。

ソクラテスは、じっとふたつの目を賢人に向けている。何らかの意思を持って、自分を見つめているのではないか、と賢人は感じる。

賢人の腕から吸盤が離れ、ソクラテスは静かに沈んでいき、また植木鉢の中に姿を消す。

「お〜い、まだ時間がかかるのかよ。用が済んだら、こっちに来いよ。お母さんがおいしいコーヒーを淹れてくれたぞ。うまい大福もある。意外だが、ブラックコーヒーと大福ってのは相性がいいんだな」

大福を食べながら、鉄太郎が声をかける。

「初めに戻れ……」

「は？　何か言ったか」

「そうか。初めに戻るんだ」

水槽から腕を出すと、賢人が上着から携帯を取り出して電話をかける。

「あ、片岡か？　おれ、岩隈……。うん、教えてもらいたいことがある……」

電話の相手は野方署の刑事課にいる賢人の同期・片岡勝彦である。うんうん、とうなずき、そうか、わかった、ありがとう、詳しい事情はまた後で説明するから、と電話を切る。

「吉見さん、行きましょう」

「行くって、どこに？」

鉄太郎はまだ大福を食べている。

「錦糸町です」

「何のために錦糸町に行くんだよ」

「市村さんは錦糸町のデリヘルで仕事をしてたんですよ」

「それは以前の職場だろ。事件の後、辞めたんじゃないのか」

「たぶん、また戻ったんです」

「なぜ、そんなことがわかる？」

「そ、それは……」

「それは？」

「初めに戻るからです！　行きましょう」

賢人がリビングから飛び出す。そのとき鉄太郎にぶつかり、鉄太郎は大福を喉に詰まらせる。

息ができなくなって顔が真っ赤になるが、何とか飲み込む。

「何だ、あの野郎。まったく、わけがわからねえ」

ぶつくさ言いながら、鉄太郎は賢人の後を追う。

一四

「男性二人は、お断りしてるんですよ」

受付にある小窓の向こうから、女の声がする。顔は見えない。手だけが見える。皺の多い、骨張った手だ。年配の女なのだろう。

「いや、一緒じゃありません。知らない人ですよ」

翔太が言う。

「ああ、そうでしたか。失礼しました」

受付の横に大きなパネルがある。一階から五階まで、二〇くらいの部屋があり、部屋の写真と料金が出ている。設備や広さによって部屋代が違っている。安い部屋で五〇〇〇円くらいだ。高い部屋だと八〇〇〇円くらいする。それが二時間の基本料金だが、日中はサービスタイムで三時間利用できると書いてある。

空室の部屋の写真は電気がついて明るく、使用中の部屋の写真は電気が消えて暗くなっている。それを見ると、部屋は半分くらい埋まっているようだ。

翔太が、じっとパネルを眺める。部屋のタイプや料金を吟味しているわけではない、とおれにはわかっている。隣り合って空いている部屋を探しているのだ。もちろん、おれと翔太が別々に借りられるようにだ。三階と五階に隣り合った部屋の空きがある。

翔太は、三〇二号室を選び、写真の横にあるボタンを押す。八〇〇〇円の部屋だから、このラブホテルの中では最もいい部屋なのだろう。受付で金を払い、鍵を受け取る。エレベーターは一階に停止していたので、それに乗り込んで上がっていく。

おれは、三〇三号室を選ぶ。この部屋は六〇〇〇円だ。金を払い、鍵を受け取る。エレベーターが下りてくるのを待つ。その間にポケットから手袋を取り出して、はめる。医療用の半透明の手袋だ。薄いので、手にぴったりフィットする。まったく違和感がない。ハンカチで鍵を拭く。指紋を消すためだ。

三階に上がる。翔太がいる。翔太も手袋をはめている。

「どっちの部屋がいいかな。まず、おれの部屋を見ようぜ」

翔太が三〇二号室の鍵を開ける。

和風の部屋だ。靴脱ぎ場が広く、正面が座敷になっている。テーブルと座椅子、マッサージチェアまである。隣の部屋に大きなベッドがあり、壁に鏡が貼ってある。その奥に風呂とトイレがある。かなり老朽化してはいるものの、広くて落ち着いた部屋だな、と思った。もっと派手な部屋だろうと勝手に思い込んでいたので、ちょっと意外だった。

実は、おれはラブホテルに入るのは初めてなのだ。

デリヘルの運転手までしていたのに、ラブホテルに足を踏み入れたことがないというのもおかしな話だが本当なのだ。

「ふうん、結構広いな」

翔太がつぶやく。

部屋の広さに感心しているのではなく、これだけ広ければ、身を隠す場所がいくらでもあってよさそうだ、という意味に違いない。

「一応、おまえの部屋も見てみるか」

三〇三号室にも行ってみる。部屋に入るなり、翔太が、これは駄目だな、と首を振る。

おれも、そう思った。こっちは洋風の部屋だが、三〇二号室に比べると、全体の作りがコンパクトで狭苦しい。二〇〇〇円違うだけなのに、部屋の広さがまったく違う。

「あっちにしよう。あれだけ広ければ、こっちに隠れている必要もないだろう」

部屋の鍵をテーブルに置き、おれたちは三〇二号室に戻る。

最初の計画では、おれは自分の部屋に隠れていて、翔太の部屋に市村早苗が入ってから、こっそり翔太の部屋に入るつもりだった。

しかし、そうではなく、最初から翔太の部屋に隠れていることにした。

もちろん、その方が好都合だ。部屋から部屋に移動するというのは、廊下で他の客や従業員に目撃されるリスクがあるからだ。

結果として、おれは部屋を借りる必要はなかったわけだが、男二人でラブホテルに入ることができないのだから、やはり、部屋はふたつ借りなければならなかった。六〇〇〇円が無駄になったが、それは仕方がない。

ラブホテルはいくつもあったが、敢えて古ぼけたラブホテルを選んだのには理由がある。

防犯カメラだ。

真新しいラブホテルだと客の目に付かないところに防犯カメラを設置しているのが普通だ、と翔太が言ったのだ。

防犯カメラの設置が当たり前になったのは割と最近のことだから、何十年も前に建てられたような古いラブホテルには防犯カメラは設置されていないだろう、と翔太は期待した。

実際、フロント付近にも、廊下にも、それらしいものは見当たらなかった。エレベーターにだけは、本物かダミーかわからないが防犯カメラがあったので、うつむいて顔が見えないように気を遣った。

おれが隠れる場所を決めると、翔太は「ワンダーランドクラブ」に電話をかける。ホテルの名前と部屋番号を伝えるためだ。

中年男から名刺を買い取った後、すぐに電話をしてアリスちゃん、すなわち、市村早苗を予約した。中年男の次は空いていたので、すぐに呼び出すことが可能になる。待ち合わせがいいか、ラブホテルに入って待つのがいいかと訊かれたので、ラブホテルで待つことを選んだ。部屋が決まったら改めて電話を入れることになった。

中年男は市村早苗と路上で待ち合わせ、一緒にラブホテルに入ったが、人前で女と一緒にいるところを他人に見られることを嫌がる客も少なくないから、客が先にラブホテルに入り、それから部屋番号を店に連絡するというやり方もある。

電話を切ると、

「一五分で来るらしいぜ」

翔太がにやりと笑う。

おれたちは、もう一度計画を確認する。

おれは、ベッドと壁の間にある隙間に横になって隠れる。

プレー料金はあらかじめテーブルに置いておく。

手渡しだと、手袋をしていることがばれるからだ。

デリヘル嬢は部屋に入ると、店に連絡の電話を入れるから、それが済んだら、先にシャワーを浴びさせる。一緒に風呂に入って体を洗ってもらうのが普通だが、中には、それを好まず、デリヘル嬢と別々にシャワーを浴びる客もいるだろうから、別に怪しまれることはないだろう、と翔太は言う。

市村早苗が風呂から出たら、おれもシャワーを浴びてくるからベッドに入っていてくれ、と指示する。ベッドに入ったら、翔太が市村早苗に馬乗りになって押さえる。おれが飛び出し、部屋着の紐で首を絞める。部屋にあるもので殺害すると決めたのは、外部から凶器を持ち込めば計画的な殺人を疑われるが、部屋にあるものを使えば、何らかの客とのトラブルで殺害されたと偽装することができるからだ。

ただの女が相手なら、翔太もここまで慎重にはならなかっただろう。

しかし、市村早苗は侮ることのできない相手だ。

それは、おれが一番よく知っている。

背後からいきなり襲って、背中を刺したにもかかわらず、咄嗟に体を捻られたために動きを封じることに失敗し、思わぬ反撃を食らった。

しかも、顔まで見られてしまった。

ありきたりの護身術を身に付けているだけでなく、格闘術にも精通していることは、事件の後に読んだ週刊誌の記事で知った。

そんな相手だから慎重に対処する必要がある。

とにかく動きを封じなければどうにもならないから、ベッドに横にならせ、翔太が馬乗りになることで手足を押さえてしまうことにした。部屋着の紐を首に巻いて絞め上げれば、いかに手強い女であろうと、どうにもならないだろう。

「あと五分くらいだぜ。そろそろ隠れた方がいいんじゃないか?」

翔太に言われて、おれはベッドと壁の間の隙間に横になる。

とりとめのないことを、あれこれ考えていると、チャイムが鳴った。市村早苗が来たのだ。

一五

そのビルは堅川《たてかわ》沿いにあり、すぐそばを高速道路が走っている。三階に「ワンダーランドクラブ」の事務所がある。ドアを開けると、四畳くらいの狭いスペースになっている。そこに事務机が置いてあり、黒い丸眼鏡をかけた、寺岡《てらおか》という七〇過ぎくらいの太った女が坐っている。奥にも部屋があるらしく、閉められたドアの向こうから、テレビの音声が洩れ聞こえている。ここに所属する女たちの待機部屋なのであろう。

すでに五分近く、鉄太郎は、この女と押し問答を続けている。

「だから、別にあんたらの商売の邪魔をしたいわけじゃないんだ。市村さんに会いたいだけなんだよ。アリスちゃんにな」

鉄太郎がまた同じことを言う。穏やかな口調だが、かなり我慢していることは、その顔を見ればわかる。顔が充血し、額に青筋が浮いている。キレる寸前だと賢人にはわかる。

「わたしは、ただの電話番ですから」

その女も同じことを繰り返す。

「だけど、彼女がどこに行ったのかは知ってるだろうが」

「ええ、知ってます」

「だから、それを教えてくれ」

「できません。そんなことをしたら、わたし、クビになってしまいます」

「だからよお……」

鉄太郎の形相が険しくなる。

賢人が慌てて鉄太郎を押さえ、

「オーナーでないと答えられないというんですよね？　でも、オーナーとは連絡が取れない。そうでしょう？」

「電話が繋がりません。一応、メールもしたんですけどね。ご覧になっていたでしょう？」

「あなたが協力的なのはわかっています。でも、急ぐんです。何とか教えてもらえませんか」

賢人が懇願する。令状があるわけでもないので、ひたすら丁寧に頼むしかないのだ。

「そんなに慌てなくても……そうですね。あと二時間もすれば、アリスちゃん、ここに戻ってきますよ。もっと早いかもしれません。お待ちになったらどうですか？」

電話が鳴る。

寺岡が出る。

「はい、『ワンダーランドクラブ』でございます。ああ、アリスちゃん。ちょうどよかったわ。あのね……」

寺岡が何か言おうとするが、あれ、と首を捻る。

「いやね、切れちゃったじゃないの」

「市村さんですか？」

賢人が訊く。

「ええ、部屋に入って、お金も受け取ったという連絡です」

「切れたのか？」

鉄太郎が訊く。

「ええ、突然……急いでたのかしら。せっかちなお客さまもいらっしゃるようですから」

「相手は馴染み客なのか？」

「さあ、名前を名乗らない方もいらっしゃいますし、たとえ名乗ったとしても本名かどうかもわかりませんから、常連さんかどうか、わたしにはわかりませんけど、アリスちゃんをご指名でしたよ」

「どんな奴だ？　おっさんか、それとも、若い男か？」

「若そうな声でしたけどね」

「よし、こうしようじゃないか。あんたは、市村さんが……アリスちゃんがどこに行ったか、おれに教える。オーナーが何か文句を言ったら、おれがちゃんと庇ってやる。話をつけてやる。あんたはクビになんかならない」

「そんな約束を、どうして信じられるんですか？　うちのオーナー、怖い人なんですよ」

「おれだって怖いんだぜ」

鉄太郎がぐっと身を乗り出す。

市村早苗の行き先を聞き出した鉄太郎と賢人は小走りに、そのホテルに向かう。走るのが得意ではないのに、なぜか、鉄太郎が張り切って、先になっている。賢人は赤信号で追いつくと、

「いいんですか、あんな安請け合いをして？」

「何のことだ？」

「あの人がクビになったら、おれが責任を持つと言ったじゃないですか」

「ああ、あれな。まあ、何とかなるだろうよ」

鉄太郎が肩をすくめる。

「そもそも、こんなに急ぐ必要があるんでしょうか？　もちろん、ぼくにも責任の一端があるわけですが……」

ソクラテスの啓示を頼りに、何とか、市村早苗の居場所を突き止めることができた。以前勤めていたデリヘルの事務所に復帰していたのだ。

だが、冷静になって考えれば、それほど急いで市村早苗に会わなければならない理由があるとは言えない、と賢人は気が付いた。市村早苗の身が危険だという確とした証拠があるわけではないのだ。

もちろん、悠長なことをしていると、宇田川管理官が身辺警護の手筈を整えてしまい、鉄太郎と賢人は意見を具申しただけで、肝心の身辺警護からは外されてしまうという怖れがあるから、そうならないうちに自分たちが身辺警護をしているという既成事実を作ることに意味がないわけではない。

しかし、市村早苗が客にサービスをしている現場に踏み込むようなことをして、しかも、市村早苗が危険にさらされているわけでも何でもなかったとしたら、それこそ責任問題になりかねない。強引なやり方で市村早苗の居場所をデリヘルの受付担当の女から聞き出すくらいなら大した問題にはならないだろうが、ここから先の対応は慎重に進める必要がある、と賢人は考える。

「おれはな、せっかちなんだよ。アホみたいに二時間も待ってられるかよ」

「でも、ホテルに行って、どうするつもりなんですか？　令状もないのに勝手に部屋に入ったりできませんよ」

「そんなことはしないって。市村さんが無事でいることが確認できれば、その後はおとなしくしてるさ。彼女がそういうサービスをしてるのを、大の男二人がぼけっと待つというのも、かなり間抜けな気がするけどな」

「本当にそれだけですね？」

「どういう意味だ？」

「無茶なことをしてほしくないという意味です」

「しないよ」

信号が青になると、よし、行くぞ、と鉄太郎がまた走り出す。その後ろ姿を見ていると、無茶をしないという鉄太郎の言葉がまったく信じられなくなってきた。

一六

市村早苗は部屋に入った瞬間、嫌な感じがした。

馴染み客なのか、初見の客なのか、顔を見るまではわからない。この仕事の最も不安なところだ。そのせいなのか、客の顔を見た瞬間、扱いやすい客なのか、扱いにくい客なのか、つまり、不愉快な思いをしなくてもいいのかどうか、何となくわかるようになっている。早苗だけではなく、同じ事務所で働いている他の女性たちも同じことを口にする。第一印象が外れることは、ほとんどない、ということである。

そういう意味では、この客は外れだった。

にこにこと愛想はいいが、どことなく態度が不自然な感じがする。

普通、客は欲望でぎらぎらした目で女性を迎えるものである。高い金を払い、二時間ほど、女性を好きなように扱う権利を得る。だから、一分一秒も惜しむのだ。この仕事を始めた頃、早苗は、むき出しの欲望をぶつけられることに辟易し、途方に暮れたものだ。

今は違う。そういう欲望は適当にあしらえば、意外と扱いやすいと学んだのである。闘牛と同じで、ひらりとかわせばいいだけのことなのである。

すぐにでも早苗をベッドに押し倒して犯したいと妄想している獰猛《どうもう》な男でも、優しく手を握ったり、頰に軽くキスしてやるだけで、途端に紳士的になる。妄想が変化して、今度は早苗を自分の恋人だと思い込むのである。ただの性欲のはけ口ではなく、自分と同じ生身の人間として敬意を払うようになる。

そうなれば、あとは簡単だ。

性的なサービスをするのは三〇分ほどで、あとの時間は相手の話を聞いてやるだけでいい。別れ際にまた相手の手を握って、頰にキスしてやれば、友達にでもなったような気になり、あしらいやすくて感じのいいリピーターになってくれる。

この客は違う、そう早苗は直感した。

ぎらぎらした感じが、まるでない。早苗を欲望の対象として見ていないということだ。

とは言え、風俗に不慣れだと、特に経験が浅くて若いと、そういう態度を取る客もたまにいるから、

（外れだな。面倒臭そう）

と、早苗は心の中で溜息をついただけで、にこやかな表情は崩さなかった。二時間で料金は三万円、事務所に一万円渡し、早苗の手取りは二万円だ。そんな割のいいバイトは他にない。たとえ相手がどんなに嫌な客だとしても、ほんの二時間我慢すればいいだけのことである。お金のためだと割り切るのだ。

「こんにちは、アリスです」

「うん、よろしく」

「事務所に電話しますね」

テーブルにバッグを置き、携帯を取り出す。

「アリスです。部屋に入りました。はい、何ですか……」

寺岡が何か言いかけたので、早苗が聞き返す。

その途端、客に携帯を奪われ、電話を切られる。

「何をするんですか」

思わず早苗がカッとなる。

「長電話は困るよ。こっちは待ちきれないんだ。ほら、そこに金を置いたよ」

テーブルに三万円置いてある。

お金を見て、早苗は、ぐっと怒りを押し殺す。

「シャワーを浴びましょうか」

「ああ、おれ、後から浴びるから、先に一人で浴びてくれないかな。こういうことに慣れてなくて、ちょっと恥ずかしいんだよ」

「そうですか。わかりました」

じゃあ、先に浴びさせてもらいます、と早苗はバッグを手にして、浴室に向かう。

一緒にシャワーを浴びるのは恥ずかしいという客もたまにいるから、それはそれで構わないが、シャワーを浴びている隙に、バッグから金品を盗もうとする不埒《ふらち》な輩《やから》もいるので、その点は十分に警戒しなければならない。何を盗まれても、風俗嬢が警察に被害届など出すはずがないと足許を見ているのだ。

（できるだけゆっくりシャワーを浴びてやろう）

早苗は意地悪な気持ちになる。

一〇分くらいしてバスルームから出ると、その客はまだ洋服を着たままの格好だ。

「お客さん、シャワーを浴びないんですか？」

「すぐに浴びるさ。待っている間、ベッドに横になっていてくれないかな？　裸の女性がベッドに横になっている姿って、すごくセクシーで、おれ、興奮するんだよ。ねえ、頼むよ」

「いいですけど」

早苗がベッドに近付き、バスタオルを巻いたまま体を横たえる。

その途端、翔太が早苗に飛びかかり、馬乗りになって早苗の両腕を押さえる。

翔太が叫ぶと、ベッドと壁の間に身を潜めていた昌平が姿を現し、部屋着の紐を早苗の首に巻き付けようとする。

「昌平、今だ。やれ」

普通の女性であれば、馬乗りになった男に体を押さえつけられて身動きもできず、その間に首を紐で絞められて、呆気《あっけ》ない最期を遂げたであろう。

だが、早苗には護身術と格闘術の心得がある。

しかも、五月の初めに夜道で襲われて怪我をしたという苦い経験があるため、それ以来、警戒心が研ぎ澄まされている。正直なところ、ホテルの密室で見知らぬ客と二人きりになるのは怖くてたまらないが、お金のために仕方なく我慢している。馴染み客であれば、それほど警戒もしないが、初見の客で、第一印象が悪い客だと決して警戒心を緩めることはない。

今も、そうだった。

ベッドに横になったところに、突然、飛びつかれて驚いたし、かなり慌てはしたものの、それと同時に反射的に体が反応している。咄嗟に身をよじって、翔太と自分の間にわずかの隙間を作る。その隙間を利用して、今度は反対側に身をよじる。翔太の腕の力がわずかに弱まる。左腕が自由になったので、翔太の顎を拳骨《げんこつ》で殴る。翔太が仰《の》け反《ぞ》る。それで早苗は両腕が自由になる。

翔太の胸を両手で強く押す。翔太がベッドから転がり落ちる。

しかし、昌平の存在にはまったく気が付いていなかった。早苗の首に紐が巻き付けられ、強く絞められる。息ができなくなる。

早苗は体を丸め、両足で昌平の首を挟む。体を思い切り捻ると、昌平がひっくり返り、首から紐が解《ほど》ける。ベッドから起き上がろうとしたとき、顔面に強い衝撃を受ける。翔太に殴られたのだ。めまいがして、頭がくらくらする。視界がかすむものの、更に殴ろうとする翔太の姿が視界の端に映った。

早苗が回し蹴りを翔太の横っ面にお見舞いする。

翔太が吹っ飛ぶ。

そこに背後から昌平が飛びかかって、早苗の腰を両手で抱きかかえる。体勢を崩して早苗が倒れる。昌平が早苗を羽交い締めにする。何をするのよ、放してよ、と早苗が叫ぶ。

翔太が立ち上がり、ベッドの上にある紐を手に取る。翔太の顔は鼻血で真っ赤だ。

「このクソ女、ぶっ殺してやる」

翔太は怒りで目が据わっている。

しっかり押さえろよ、と言いながら翔太が早苗の首に紐を巻き付ける。

一七

「こういう者だ」

鉄太郎が受付の小窓から警察手帳を提示する。

「何でしょうか？」

「三階に用がある。入っていいか？」

「部屋に入るということですか？」

「いや、たぶん、入らない。異常がなければ、それでいいんだ。異常がないってことを確かめたいってことなんだよ」

「それでしたら、はい、どうぞ」

「よし」

鉄太郎と賢人はエレベーターで三階に上がる。

早苗が三〇二号室にいることはわかっている。翔太が電話で事務所に告げたからだ。

「意外と静かなんですね」

「平日の午後だぜ。空いてるんだろうよ」

「静かだということは、何も問題がないということなんじゃないでしょうか」

「そういうことになるのかなあ」

鉄太郎がドアに近付き、ぴたりと耳をくっつける。

「吉見さん、何もそこまでしなくても……」

「ん？」

「どうかしましたか？」

「ガタガタいう物音が聞こえるぞ」

「え」

「おまえも聞いてみろ」

「はい」

賢人がドアに耳をつける。

「まさか、ＳＭってことはないんだろうけどなあ」

「叫び声が聞こえました。たぶん、市村さんです。放してよ、と叫んでます」

賢人の顔色が変わる。

「やばいじゃねえか」

鉄太郎がドアノブに手をかける。

当然、鍵がかかっている。

「あれ、持ってこい」

廊下の隅にある消火器を鉄太郎が顎でしゃくる。

「まさか……」

「うるせえ、早くしろ。おれが責任を取る」

「わかりました」

賢人が廊下を走って、消火器を取りに行く。

その消火器を受け取ると、鉄太郎が消火器でドアノブをがんがん叩く。ドアノブが取れる。古いラブホテルだから作りが安っぽいのだ。

ドアを開けて、鉄太郎が室内に踏み込む。

二人の男が目に入る。

一人は早苗の背中に乗って早苗を羽交い締めにし、もう一人は紐で早苗の首を絞めている。早苗の顔は充血して真っ赤だ。窒息しかかっている。

うおーっと叫びながら、鉄太郎が翔太に体当たりする。早苗の首から紐がほどける。慌てて立ち上がろうとする昌平に今度は賢人が体当たりだ。

鉄太郎も賢人も柔道の有段者である。

たちまち翔太と昌平をねじ伏せて手錠をかける。

「おい、市村さんは？」

鉄太郎が訊く。

「大丈夫です。生きてます」

「救急車だ。急げ」

「はい」

賢人が携帯を取り出す。

一八

七月二四日（金曜日）

朝礼が終わると、

「ちょっと付き合え」

鉄太郎が賢人の肩をポンポンと軽く叩き、先になって大部屋を出て行く。

（何だろう）

と首を捻りながら、賢人がついていく。

鉄太郎が警視庁内にあるカフェテリアに入る。

お昼になると混み合うが、朝の早い時間は空いている。

「何にする？　奢るぜ」

「すいません。じゃあ、コーヒーをお願いします」

「おれもだ」

コーヒーが運ばれてくると、鉄太郎はコーヒーに砂糖とミルクを入れようとするが、スプーンを手にしてから思い止まる。

「入れないんですか？」

「ああ、やめておく。この年齢で糖尿になると、やばいからな。最近、体重も増えてきたし」

「奥さんの忠告ですか？」

「おれが病気になったら、困るのは女房だからな」

砂糖壺をテーブルの端に押し遣り、ブラックで飲み始める。

「明日の土曜日なんだが、暇か？　デートとかで忙しいか」

「相手がいませんよ」

「東大出のエリートが淋しいことを言うな。うちの奴だがな、女房がさ、タコに会いたいって言うんだよ。迷惑でなければ、見せてやりたいんだよな。それで明日の都合を確認したわけだ」

「へえ、ソクラテスに会いたいんですか。タコなんか珍しくもないのに」

「そりゃあ、魚屋に行けばいくらでも売ってるが、生きたタコを自宅で飼ってる奴なんか、そうはいないぜ。おれだって初めて会った」

「たまたまですよ。成り行きで、そうなっただけですから」

「おかげで凶悪事件の犯人を捕まえることができた。タコに、いや、ソクラテスに感謝しないとな。どうにも信じられないが、タコには超能力があるのか？」

「そんなことはないと思います」

　賢人が首を振る。

「でも、何かヒントをくれたんだろう？」

「そういう気はしますが、ただ、それは、ソクラテスが何かを教えてくれたということではなく、元々、わたしの心の中に存在したのに、ごちゃごちゃして、そこに何があるのかわからなくなっていたものを、ソクラテスがすっきりさせてくれた……そんな感じだと思います。行き詰まったり悩んだりすると、目の前にあるものが見えなくなったりすることがありますよね？　落ち着いて、冷静になって、改めて目の前に何があるか考えればいいんでしょうけど、それが、なかなか難しい。ソクラテスと触れ合うと、何て言うか、心の中の霧が晴れたような感じになって、それまで見えなかったものが見えるようになるんです。そういう力はあると思いますが、それは超能力とは違うような気がしますね」

「よくわからないが、まあ、いいさ。おまえがソクラテスと触れ合ったおかげで、おれたちは錦糸町に行った。ホテルに駆けつけるのが、もう少し遅れていたら、市村さん、殺されてたぜ」

「ええ、そうですね。危機一髪という感じがしました」

賢人がうなずく。

「トミカの奴、まるで自分の手柄みたいな顔をして上機嫌だったな」

朝礼での宇田川管理官の鼻高々の様子を思い出して、鉄太郎が顔を顰める。

長尾昌平と沢村翔太は、鉄太郎と賢人に殺人未遂の現行犯で逮捕された。

市村早苗は、昌平の顔を見て、五月に自分を襲った男だと断言した。

翔太は、自分は何も知らない、無関係だと容疑を否認したものの、昨日の夜になって、昌平が自供を始めた。それでも、翔太は事件への関与を認めようとせず、頑なに黙秘を貫いている。

昌平があっさり自供したのは、市村早苗に犯人だと断定されたせいもあるが、それだけではない。翔太からのプレッシャーに耐えられなくなっていたのだ。いずれ自分も殺されるのではないか、という怖れから翔太の言いなりになっていたものの、逮捕されたことで重圧から解放され、何もかもしゃべったのだ。逮捕された直後、昌平は暗く苦しげな顔をしていたが、自供を始めると、顔つきが穏やかになり、ホッとしたような表情に変わったという。

「ま、トミカの態度は気に入らないが、とりあえず、一件落着ってところかな」

「そうですね」

賢人がうなずく。

一九

七月二五日（土曜日）

昼過ぎ、鉄太郎と響子は賢人の家を訪ねた。

響子は家庭菜園で育てた野菜や果物を土産にした。

鉄太郎は駅前でケーキを買った。

インターホンを押すと、賢人と久子が玄関に出てきて出迎える。

「いつも息子が大変お世話になっておりまして……」

久子が頭を下げ、丁寧な挨拶をする。

「岩隈です。吉見さんにいろいろ教えてもらっています」

賢人も挨拶する。

「この人が教えられることなんか何もないと思いますよ。頑固だから、時代の流れに乗れないんですよ。定年までちゃんとやっていけるか心配なので、岩隈さんがいろいろ教えてやって下さい。こちらこそ、どうかよろしくお願いします」

響子も丁寧に頭を下げる。

「おまえ、余計なことを言うな」

鉄太郎が叱る。

「狭いうちですけど、お上がりになって下さい」

久子が鉄太郎と響子を招き入れる。

「失礼します」

家に上がると、

「うちで育てたものなので、おいしいかどうかわからないんですけど……」

響子が土産物を久子に渡す。

「まあ、ご自分で？」

「はい。マンションの中庭で小さな家庭菜園をやってまして……」

「わたしも、庭で花や野菜を育ててるんですよ。狭い庭だから、大したものも作れないんですけど」

「そうなんですか」

「よかったら、後でご覧になりますか？」

「ぜひ」

響子と久子が植物栽培に関する話題で盛り上がる。

それを横目に見ながら、

「これ、おれから。ケーキだ」

鉄太郎が賢人に渡す。

「あ、すいません」

「タコちゃんは……ソクラテスは元気か？」

「う〜ん、何とも言えません」

「どういう意味だ？　気になるじゃないか」

「まあ、見て下さい」

久子と響子を廊下に残して、鉄太郎と賢人はリビングに入る。

水槽に近付き、その前に賢人がしゃがむ。指先で水槽をコツコツ叩くが、ソクラテスは植木鉢から姿を現さない。

「寝てるだけだろう」

「そうなんです。寝てばかりいるんです。それだけならいいんですが、餌を残してるんです。いつもは、もっと食べたい、もっとほしいとねだってくるんですが……」

「いつからだ？」

「食べなくなったのは三日くらい前からですが、昨日からは動きも鈍くなってるんです」

「食べてないから弱ってるんじゃないのか？」

「そうかもしれないんですけど、どうすればいいかわからないんです。犬や猫なら、獣医さんに診てもらえばいいんでしょうけど、タコだと、そうはいきませんから」

「打つ手なしか」

「海洋生物に詳しい知り合いにも相談してみたんですが、見守るしかないと言われました。大型の海洋生物だと、薬を飲ませることもあるし、怪我をしたら手術したりすることもあるらしいんですが、タコとなると、さすがに……」

「まあ、そうだろうな。タコに薬を飲ませるなんて聞いたこともないよ」

鉄太郎と賢人が話しているところに、ようやく、久子と響子もやって来る。

「どう、ソクラテスは？」

久子が賢人に訊く。

「出てこないね」

「そう……」

久子は響子に顔を向け、

「吉見さん、呼んでみます？　ソクラテスは好奇心が強いから、初めて会う人には興味津々なんですよ。出てくるかもしれませんよ」

「おれも触られたんだぜ」

鉄太郎が自慢げに言う。

「ソクラテス、お客さんよ。顔を出してちょうだい」

久子が水槽を指先で叩く。

「吉見さんもやってみて下さい」

「はい」

響子が久子を真似て水槽を叩く。

「呼んでみて下さい」

「わかるのかしら」

首を捻りながら、響子がソクラテスを呼ぶ。

すると、ソクラテスが植木鉢から顔を出す。

「あら」

「ほらね、やっぱり、わかるんですよ。ソクラテス、お客さまにご挨拶しなさい」

久子が声をかける。

「うわあ、すごい。こっちを見てるみたい」

響子は興奮気味だ。

「ちゃんと見てるんですよ」

「そうなんですか？」

「タコには相手を識別する能力があるんです。つまり、こっちの顔をちゃんと見分けているということなんです」

賢人が説明する。

「吉見さん、よかったら袖を上げて、腕を水槽に入れてみて下さい」

久子が勧める。

「そうだ、やってみろ。触ってくれるかもしれないぞ」

鉄太郎がにやにや笑う。

「それじゃ、試しに……」

響子がシャツの袖をめくる。

賢人が水槽の上蓋を外すと、ソクラテスが植木鉢から姿を現す。

「さあ、入れて」

「はい」

響子が右腕を水槽に入れる。

ソクラテスがゆらゆらと浮かび上がり、何本もの腕を響子の腕に絡ませ、吸盤で吸い付く。その感触に驚いたのか、響子が、きゃっ、と小さく声を発する。

「どうですか？」

久子が訊く。

「ああ……何と言えばいいのかしら……すごく不思議な感じがします。ただ触られているだけでなく、わたしの心に語りかけられているというか……」

響子が目を瞑り、ふーっと息を吐く。

やがて、ソクラテスが腕を放し、ゆっくり沈んでいき、また植木鉢の中に入ってしまう。

「おい、響子」

鉄太郎が響子の肩を軽く叩く。

「え」

響子がハッとしたように目を開ける。

「おいおい、まさか寝てたんじゃないだろうな」

「よくわからないの。わたし、寝てたのかな」

「しっかりしろって」

鉄太郎が苦笑いをする。

「初めてですもの、誰だって、驚きますよ。でも、ソクラテスが出てきてくれてよかった。せっかく会いに来て下さったんですからね。お茶にしましょうか？」

久子が言う。

鉄太郎が買ってきたケーキを食べながら、四人はひとしきり、ソクラテスの話題で盛り上がる。

食べ終わると、久子は響子を庭に案内する。

鉄太郎と賢人はリビングに残る。

「そう言えば、青森県警にいる後輩から連絡がありました」

「青森県警？　さすがキャリアだな。全国どこにでも仲間がいるってわけだ。で？」

「やはり、似たような未解決事件が何件かあるみたいなんです」

「やっぱりな」

鉄太郎がうなずく。

中野区で起こった連続強盗傷害事件について、沢村翔太は黙秘を続けているが、長尾昌平は自供を始めている。その話によれば、被害者の背後から近付いてナイフで刺し、被害者が倒れた隙に金品を奪って逃げるというやり方は、翔太に教えられたのだという。水商売をしている若い女性を狙うというのも翔太の提案だったというのである。

　一番最初の三月の事件は、昌平に手本を見せるために翔太がやったので手際がよかった。四月の二番目の事件は、土壇場で昌平がびびったため、翔太が代わりにやった。やはり、手際がよかった。

　昌平が初めて事件を起こしたのは、五月に市村早苗を襲ったときだが、手際が悪く、相手に顔を見られるという致命的なミスを犯している。そのミスのせいで、結果的に翔太と昌平は逮捕されることになった。初めてだからミスをするのが当たり前だとすれば、何のミスも犯さなかった翔太は、初めてではないのではないか、それ以前にも同じような犯罪を犯しているのではないか、と捜査陣は推測した。

　上京してからの翔太の足取りを追い、翔太の周辺で中野と同じような事件が起こっていないか調べたが、今のところ合致するような未解決事件は見付かっていない。

　それで捜査陣は翔太の出身地である青森に注目し、青森県警に依頼して似たような未解決事件がないか調べてもらうことにした。

「二件あるらしいです」

「被害者は若い女性なのか？」

「そうです。しかも、最初の事件では被害者に騒がれて、何も盗らずに逃げたようです」

「それがあいつの犯したミスだな」

「二件とも手口が中野の事件とそっくりなので、たぶん、あいつが犯人ですよ」

「青森で練習して、東京に出てきてから、また同じことを始めたってわけか。異常だな」

「エスカレートして、いずれ人殺しを始めたでしょうね。シリアルキラーというのは、そういうものですから。そうだとすれば、青森の事件だけでなく、中野の事件も、沢村にとっては練習だったのかもしれません」

「ひとつわからないんだけどな、なぜ、長尾を仲間にしたのかな？　一人でやる方がいいじゃないか。逮捕されたのだって、長尾のミスが原因なわけだろう。沢村一人なら捕まることもなかっただろうに」

「理由は、いろいろ考えられると思います。そもそも、シリアルキラーというのは仲間を作ることが珍しくないんです。恋人同士、夫婦、友達……二人組が多いかもしれません」

「平気で人殺しができる人間が友達をほしがるというのも理解できないけどなあ」

「友達といっても対等の関係ではなく、上下関係がはっきりしていることが多いですね。どちらかが命令して、もう片方が命令に従うというような」

「主従関係かよ」

「そういうことです」

賢人がうなずく。

「今回の場合、長尾は、このままだと、いつか自分も沢村に殺されるのではないか、と怯《おび》えていました。沢村が自分をどういう目で見ているか本能的に察知していたのかもしれません」

「どういう意味だ？」

「捜査の手が迫ってきたら、沢村は、すべての罪を長尾にかぶせて、長尾を殺すつもりだったのではないか、ということです」

「つまり、いつか身代わりにするために仲間にしたってことか？」

「はい」

「ただの捨て駒だろう。それで友達と言えるのか？」

「沢村のような犯罪者に常識は通用しませんよ」

「そういうものか」

鉄太郎と賢人が話しているところに、久子と響子が戻ってくる。

「吉見さん、今、奥さんから聞いたのですけど、大変ですね、家庭菜園荒らし。せっかく丹精込めて育てたものを盗まれるなんて……」

久子が言う。

「うちだけじゃないし、うちなんか大したことないんですけどね」

「何ですか、それ、家庭菜園荒らしって？」

賢人が訊く。

「うちのマンションの中庭に住民向けの家庭菜園があってな。全部で二〇坪くらいの広さで、それを細かく分けて、抽選に当たった一〇家族が借りるというやり方だ。うちも三年連続で抽選に当たって、野菜や果物をちょっとずつ育ててる。四月頃から盗まれるようになってな。うちもイチゴとかエダマメを盗まれた。中には、メロンを盗まれた人もいる」

　そうだよな、と鉄太郎が響子に顔を向ける。

「うちなんか大して手間のかからないものしか作ってないんですけど、メロンとなると、ものすごく大変なんですよ。うまく育って、もうすぐ収穫しようというときに盗まれて、金田さんという人なんですけど、すっかり落ち込んでしまって、家庭菜園をやめると言い出したんですよ」

　響子が説明する。

「それは、ひどいですね」

「防犯カメラを設置するように理事会に頼んでも、費用がかかりすぎるという理由で却下されてしまうし、近くの交番に相談に行っても被害届を書かされて終わりだし、それで、うちの人に頼んだんです。警視庁の捜査一課にいるわけだから、野菜泥棒を捕まえることくらい朝飯前じゃないですか。でも、期待外れ……」

「逃がしてしまったんですか？」

「逃がすも何も、見張ってる最中に居眠りしてるんだから、捕まえられるはずがありませんよ。目が覚めたら、また盗まれてたというんですから洒落にもなりません」

　響子が鉄太郎に冷たい視線を向ける。

「この年齢になると徹夜はきついぜ。体がついていかないんだよ。一人で見張るのも退屈だしな。まあ、事件も一段落したから、また見張ろうかと思ってるけどな」

　鉄太郎が言う。

「賢人、あなた、お手伝いしなさいよ」

「え、おれが？」

「いつも吉見さんにお世話になってるんでしょう。こういうときに恩返ししないで、どうするの。事件が一段落したのなら、同じ部署にいるんだから、賢人だって時間があるんでしょう？」

「まあ、それは、そうだけど……」

「いいんです。そんなことしないで下さい。仕事ではなく、うちの問題ですから、うちの人が何とかしますよ」

響子が恐縮する。

「いえいえ、お手伝いさせて下さい。賢人はまだ若いんですから徹夜くらい平気ですよ」

「おれ、行きますよ。今日も明日も特に予定は何もありませんから」

「そこまで言うなら頼むか」

「あなた……」

「そう難しく考えるな。うちに遊びに来るくらいの軽い気持ちでいいさ。今夜は、すき焼きにでもしよう。ソクラテスに会わせてもらったお礼にな。よかったら、お母さんも来ませんか？」

「そうしたいのは山々ですが、ソクラテスのことが心配ですから」

「じゃあ、岩隈君だけお借りします」

二〇

夕方、鉄太郎、響子、賢人の三人で高円寺のマンションに戻る。駅前のスーパーで、すき焼きの具材を買った。響子が手に取った牛肉の値段を見て、思わず鉄太郎はぎょっとしたが、こんな高い肉を当たり前のような顔で買うくらいだから、よほど機嫌がいいのだろうと考えて何も言わなかった。それにしても、普段、食べている肉の三倍以上の値段である。和牛のブランド肉など、鉄太郎自身、正月くらいしか口にしない。

帰宅し、響子が晩ごはんの支度をしている間に、鉄太郎と賢人は犬の散歩に行くことにする。普段、ルビーは響子と一緒でないと散歩に行かないから、鉄太郎はアップルだけを連れて行くつもりだった。

ところが、なぜか、ルビーは賢人には懐き、尻尾を振ってまとわりつく。しかも、リードをくわえて賢人のところに持ってきた。散歩に行きたいという意思表示である。

これには響子も驚き、

「岩隈さんって動物に好かれるんですね」

と感心した。

鉄太郎と賢人は、マンションの周辺を一時間ほどかけて散歩し、帰りに中庭の家庭菜園に寄った。賢人が下見したいと言ったからだ。

「おまえ、本気なのか？」

「はい、もちろんです。なぜですか？」

「冗談半分かと思ってたからさ」

「家庭菜園から野菜や果物を盗むのは、立派な犯罪ですよ。放っておけません」

賢人は周囲をぐるりと見回し、

「見通しはいいですよね。こっそり近付くのは難しそうじゃないですか？」

「夜になれば、このあたりは暗いんだよ。照明が遠いからな。防犯カメラもないし」

「明るいときや人気《ひとけ》があるときに盗むのは無理そうですから、深夜から明け方にかけての犯行なんでしょうね。管理人はいるんですか？」

「いるけど、常駐ではなく、通いだ。早番の管理人は七時頃に帰る。遅番の管理人が帰るのは一〇時頃だな」

「管理人は二人ですか？」

「そうだ」

「警備員は？」

「いないよ」

「四月から犯行が始まって、今まで誰にも見付かっていないというのも不思議ですよね」

「まあ、真剣に犯人を捕まえようとしてる人間が少ないからな」

「そうなんですか？」

「家庭菜園をやってるのは抽選に当たった一〇世帯だけだし、うちみたいに年配の夫婦が暇潰しにやってるところばかりだから、一〇世帯合わせても、せいぜい、二十数人ってところだ。防犯カメラを設置してもらえないのも、数が少ないからでな。盗まれているものも、スーパーや八百屋で買えば安いものばかりだから、管理組合も真剣に取り合ってくれないのさ」

「高価なのは、メロンだけですか？」

「そういうことなんだよ。おれはエダマメを盗まれたのが悔しくてな。腹が立ったから、徹夜で見張ったりしたが、その手間と労力を考えると、エダマメくらい、どこかで買ってくればいいか、という気にもなる」

「確かに金銭に換算すれば、それほど大きな金額ではないのかもしれませんが、家庭菜園には金銭だけでは測れない意味もあるんじゃないんですか？」

「それは、そうだよ。現にメロンを盗まれた金田さんは大きなショックを受けたからな。同じようなメロンを買ってきて、これをどうぞと渡したとしても、心の傷は癒えないだろうよ。それには及ばないが、おれだって、かなりがっかりしたぜ。たかがエダマメだけどな」

「やはり、許せませんね。その泥棒、ひどい奴です。二人で捕まえましょう」

「だけど、今夜現れるかどうかわからないぜ」

「ぼくは毎週来ますよ。うちの班が次の事件に投入されるまでは暇ですし」

「若いだけあって元気だな。しかし、そう肩に力を入れるな。さあ、すき焼きを食いに帰ろうぜ。もう支度ができた頃だろう」

二一

「なあ、そろそろ部屋に戻らないか。蚊がいるぜ。さっきから食われてばかりだ」

首筋をぴしゃりと叩きながら、鉄太郎が言う。

晩ごはんを食べ、ひと息ついてから、一〇時過ぎに鉄太郎と賢人は家庭菜園を見張ろうと中庭に出た。中庭の隅に倉庫があり、そこに農作業で使う道具を入れてある。二人は、その倉庫に身を潜めて家庭菜園を見張ることにした。あたりは暗いが、星明かりがあるから、誰かが家庭菜園に近付けば、その人影を見極めるくらいのことはできる。

「まだ二時間くらいしか経ってませんよ」

ちらりと腕時計を見ながら、賢人が言う。

「それしか経ってないか」

「吉見さん、眠いんでしょう。だいぶ飲みましたからね」

「あんないい牛肉を食ったのは久し振りだ。ビールがうまかったぜ」

鉄太郎が大きな欠伸をする。

「無理しないで部屋に帰って寝て下さい。ここは、ぼく一人で大丈夫ですから」

「そんなわけにいくかよ。女房に尻を蹴飛ばされちまうぜ」

「それなら、車で寝たら、どうですか？　窮屈かもしれませんが、少なくとも蚊に食われずに済みますよ」

「おれのことは心配しないでいいよ。わざわざ手伝いに来てもらってるのに、当事者のおれが寝てられるかよ。おまえの方こそ休んでいいんだぞ。無理するな」

「大丈夫です。全然、無理してませんから。学生時代は徹夜ばかりしてたので、こういうのは平気なんです」

「だけど、退屈だろう？」

「考え事をしてると、時間が経つのは早いですよ」

「悩みでもあるのか？」

「ぼくですか？　いいえ、今のところ、特に悩みはないですね。ただ……」

「何だ？」

「母のことは、ちょっと心配してます」

「どんな心配だよ？」

「父が亡くなってから、この一〇年というもの、ずっと母は塞ぎ込んでいたんです。まるで人が変わったようになってしまって……。明るく前向きで、いつも笑っている人だったということを、ぼく自身、忘れていたくらいです。ソクラテスがうちに来てから、母は明るさを取り戻しました。以前の母に戻ったんです。それなのに……」

「ソクラテスの具合が悪いから心配なのか？　ソクラテスに何かあれば、また、お母さんが暗くなってしまうんじゃないかって」

「そうなんです。元々、タコは寿命が短い生き物だし、うちに来たとき、ソクラテスが何歳くらいだったかわからないので、病気で具合が悪いのではなく、もう寿命なのかもしれないんです」

「それは困ったな。寿命だとすれば、どうにもならないだろう」

「母も覚悟はしているんですが……。ソクラテスがうちに来て、まだ一ヶ月くらいですし、まさか、こんなことになるとは思ってなくて」

「まあ、心配ばかりしても仕方ないぜ。案ずるより産むが易し、ってこともある」

「ええ、そうですね」

賢人がうなずく。


数時間後……。

賢人は体を丸めて蹲り、じっと家庭菜園の方に目を向けている。見張りは続けているが、頭の中ではまったく違うことを考えている。鉄太郎に話したように、ソクラテスに何かあったときの久子の反応が心配なのだ。ソクラテスを飼うようになってからの久子の変化があまりにも大きかったので、ソクラテスを失ったときの、久子の落ち込みの大きさが懸念されるのだ。

（せっかく明るさを取り戻したのになあ……）

自然と賢人の口から溜息が洩れる。

その傍らで、鉄太郎は両手で膝を抱えた格好でいびきをかいて眠りこけている。

（ん？）

薄闇の中に何か動くものが見えた気がした。

賢人がじっと目を凝らす。

間違いない。家庭菜園で何かが動いている。

賢人が腰を上げ、倉庫から走り出ていく。

そのとき、鉄太郎にぶつかり、鉄太郎が横向けにひっくり返る。

「あ……何だ、どうした……？」

賢人の姿が見えないことに気が付き、ドアの外に顔を向ける。賢人の後ろ姿が見える。

鉄太郎がのろのろと立ち上がって、賢人の後をのろのろと追う。寝ぼけているのか、酔いが回っているのか、足許がおぼつかず、いきなり、足がもつれて、ばったり倒れる。地面に顔を打ち付けて、いくらか頭が冴えてくる。両手を地面について体を起こし、家庭菜園に向かって小走りに進む。

「あれ？」

賢人が二人いる。

いや、そうではない。賢人は一人だ。賢人の横に誰かが立っているのだ。小柄な姿だ。

鉄太郎が更に進む。

「え」

思わず声が出る。多田野真帆である。

真帆は右手にビニール袋を持っており、それには家庭菜園から引き抜いたばかりの野菜や果物が入っている。

二二

七月二九日（水曜日）

夜、有楽町で三島班の飲み会が開かれた。いつも利用している居酒屋だ。個室である。

乾杯の前に、班長の三島が挨拶する。

「ようやく、この春から中野で起こっていた連続強盗傷害事件が解決しました。しかも、二人の犯人を逮捕したのは吉見さんと岩隈のコンビです。これほど鼻が高いことはありません。総監賞に推薦してくれるよう、理事官と課長に進言するつもりです」

「無理ですよ。絶対にトミカが横槍を入れるからね」

鉄太郎が肩をすくめる。

「そうだとしても、二人の功績は立派なものです。市村早苗さんの命を救っただけでなく、犯人たちが野放しになっていたら被害に遭っていたであろう何人もの若い女性たちを救ったのですから。少なくとも、ここにいるわたしたちは、二人の見事な働きぶりを賞賛したいと思うし、仲間として誇りに思います」

三島が言葉を切り、拍手をする。田代進、大岡彰彦、永川和子の三人も三島と一緒に手を叩く。

「ありがとう。だけど、もういいですよ。班長の気持ちはわかったから」

鉄太郎が言うと、

「それじゃ、乾杯しようか」

三島が生ビールのジョッキを手にする。

「はい、乾杯」

皆が唱和する。

飲み食いしながら、沢村翔太と長尾昌平によって起こされた事件についてあれこれ話し、それが一段落すると、

「そういえば、プライベートでも事件を解決したんだってね？」

田代が鉄太郎に顔を向ける。

「事件てほどのことじゃないさ。それに解決したのは岩隈だしな」

「へえ、何ですか、その事件というのは？」

三島が興味深そうに訊く。

「吉見さんのマンションで家庭菜園荒らしの泥棒が出たんです。マンションに住んでいる人たちが作った野菜や果物を盗む者がいたんですよ。吉見さんのお宅でもイチゴとかエダマメとか、いろいろ盗まれたんです……」

鉄太郎と共に徹夜で家庭菜園を見張ることになり、結果として多田野真帆が盗んでいる現場を取り押さえた経緯を、賢人が説明する。

「で、捕まえてみたら、犯人は小学生の女の子だったというオチなんかい？」

大岡が呆れたように首を振る。

「まあ、そういうことです」

「盗んだ野菜や果物を、どうしてたの？」

和子が訊く。

「自宅で食べていたみたいですね」

「その子が一人で？」

「いいえ、家族みんなで食べたようです」

「ということは、女の子は小学生だから罪に問われないだろうけど、盗みを知っていながら黙っていた親は罪に問われる可能性があるわね」

「そうですね」

賢人がうなずく。

「そんなに貧しい家庭なのかしら？　そうだとしたら少しは同情するけど」

「そうではないみたいなんです。ねえ、吉見さん？」

賢人が鉄太郎を見る。

「貧しいどころか、うちのマンションでは有名なセレブ一家なんだ」

「セレブ一家の子供が盗みをする？　で、家族みんなで盗んだものを食べる？　何だか信じられませんけどね。本当にセレブなんですか」

和子が疑問を呈する。

「高級車に乗って、うちのマンションで一番分譲価格が高くて広い部屋に住んでる。旦那は外資系の有名企業に勤めていて、奥さんは専業主婦。週に一度はネイルサロンと美容院、平日はママ友とランチ、銀座でショッピング、週末は旦那とゴルフやテニス。捕まった五年生の娘は進学塾に通ってるし、ピアノやバレエも習ってる。二年生の弟は英会話とテニスを習ってる、と聞いた。年収は軽く一千万以上あるらしい。二千万だったかな……」

鉄太郎が言う。

「何で、そんなうちの子が盗みなんかしたのかなあ。しかも、親はそれを咎《とが》めることもせず、一緒に食べていたなんて」

田代が首を捻る。

「わかってないな。まあ、それは、おれも同じだったんだが……。セレブみたいな生活だったことが盗みの原因なんだよ」

「え？　どういう意味」

「つまり、人も羨むような贅沢な暮らしをしていたから、旦那がどれだけ稼いでも金が足りないわけさ。住宅ローンに車のローン。奥さんの交際費に子供たちの教育費……。傍からは裕福に見えても内情は火の車ってわけで、外面を取り繕うために見栄を張りすぎた。その分、家の中では、日々の食事にも窮するような暮らしだったみたいでな。朝と夜の食事は、ごはんとわかめの味噌汁、納豆、漬物、冷や奴というのが定番だったらしい。なあ、岩隈？」

「はい、そう聞きました。たまには他のものを食べたいと子供たちが頼んでも、お金がないから無理だと親に言われ、それで家庭菜園から盗むようになったらしいです」

賢人が答える。

「で、どうするんですか、親を訴えるんですか？」

和子が鉄太郎に訊く。

「おれか？　別にどうもしないよ。涙ながらに親子で謝りに来て、何だか、もうどうでもいいやって気持ちになった。どうせ、うちは大したものも盗まれてないしな。まだ腹の虫が治まらない家が何軒かあるみたいだけど、たぶん、訴えたりはしないんじゃないかな。何らかの弁償はさせるかもしれないが」

「盗んだものの弁償をしたとしても、それで済むんやろか？　平気な顔で、そのマンションに住み続けられますか？　そもそも、そんな暮らし、もう破綻してるんやろし」

大岡が言う。

「そうかもしれないが、それは、おれが考えることじゃないからな。ただ、子供には好きなものを腹一杯食わせてやってほしいと思うな。子供が哀れすぎるからな」

鉄太郎がしみじみとつぶやく。


いつもの三島班の飲み会だと一次会が居酒屋で、二次会がカラオケというパターンになるのだが、珍しく一次会でお開きになった。

駅に向かって歩きながら、

「今日は吉見節が聞けなかったなあ」

田代が笑う。

「ふんっ、次は嫌になるほど聞かせるさ」

ふと、すぐ後ろでうつむいている賢人を見て、

「岩隈、あっちは、どうだ？　ソクラテス」

と訊く。

「よくないですね。ほとんど食べないし、姿も見せません」

「ふうん、お母さんは？」

「ずっと水槽の前に坐り込んでます」

「それは心配だな」

「はい」

暗い表情で、賢人がうなずく。

二三

七月三一日（金曜日）
賢人、久子、さくらの三人がじっと水槽を見つめている。
さくらは水族館の仕事が終わってから、急いで駆けつけてくれたのだ。

「どうなんだろう?」

賢人が訊く。

「かなり弱ってますね」

さくらが答える。

「寿命ということ?」

「恐らく」

さくらがうなずく。動きが鈍くなっているだけでなく、体の色が全体的に薄くなっている。これはタコの寿命が尽きようとしている証《あかし》なのである。

「ソクラテス、がんばってるのよ。植木鉢から出てこないけど、ちゃんと中で動いてる。ほんの少しだけど……」

久子が言う。今にも泣き出しそうな鼻声だ。

「あれ?」

賢人が身を乗り出す。

植木鉢からソクラテスの足が出てきたのだ。

「ソクラテス」

久子が植木鉢を指先でコツコツと叩く。

ゆっくりソクラテスが植木鉢から姿を現す。

「おれ、三日くらい、ソクラテスを見てなかったよ」

ソクラテス、と賢人も呼びかける。

目の前には餌が落ちているが、ソクラテスは餌には目もくれず、じっと久子を見つめている。

「お母さまを見てますね。腕を入れてみたらどうですか？」

さくらが勧める。

「はい」

久子がブラウスの袖をめくり上げる。

賢人が急いで水槽の上蓋を取り外す。

久子が右腕をそっと水槽の中に入れる。

水槽の底から、ソクラテスがゆらゆらと上昇してくる。細長い腕を久子の腕に絡ませ、吸盤を吸い付かせる。

「ソクラテス」

久子が目を瞑る。その目から涙が流れ落ちる。

と、ソクラテスの腕が久子の腕から離れ、ソクラテスは八本の腕を大きく広げたまま沈んでいく。水槽の底に横たわり、そのまま動かなくなる。

「……」

三人は言葉を失う。

やがて、久子の口から低い嗚咽《おえつ》の声が洩れ始める。

その声は、いつまでも続いた。

エピローグ

八月一日（土曜日）

真夜中に、賢人と久子は小岩の自宅を車で出発した。

週末の水族館は忙しく、さくらは休むことができない状況だったので最終電車で帰宅した。

だから、車に乗っているのは二人だけである。

助手席に坐った久子は膝の上に小さな箱を置いている。靴箱である。それが、ソクラテスの棺だ。箱の中は、久子が庭で育てた花で埋め尽くされ、その中にソクラテスが横たえられている。

賢人はソクラテスの墓を庭に作ろうと久子に提案した。最初、久子も同意したものの、しばらくすると、

「ソクラテスは海で生まれて海で育ったんだから、やはり、海に帰してやる方がいいんじゃないかしら」

と言い出した。

賢人に反対する理由はない。久子が納得する形でソクラテスを葬ってやりたいだけなのだ。

賢人と久子がソクラテスを見付けたのは船形の海水浴場の近くである。六月下旬には、まだ海

開きもしていなかったから、あたりは閑散としており、ほとんど人もいなかったが、今は違う。とっくに海水浴場は開いているから、日が昇れば海水浴客で賑《にぎ》わうであろう。

だから、二人は暗いうちに出発した。まだ海水浴客が現れないうちに静かにソクラテスを海に帰してやりたいと考えたのだ。

高速道路が空いていたおかげで、自宅を出てから三時間もかからず、船形に着いた。微《かす》かに東の空が青白く染まってきている。あと一時間もすれば夜が明けるであろう。

海水浴場に人影はなかったが、浜辺にはいくつかテントが張られている。

賢人は海水浴場の外れに車を停めた。

ソクラテスを見付けた場所は海水浴場から少し離れている。遊泳にはあまり適さない岩場だ。

久子は両手で靴箱を持ち、ゆっくり歩く。

賢人も急がず、久子の歩調に合わせてゆっくり歩く。声を押し殺しているが、久子が泣いていることに賢人は気が付いている。賢人自身、何とも言えない淋しさが胸に満ちている。ほんの短期間、自宅で飼っていただけなのに、なぜ、これほど悲しみがこみ上げてくるのだろうと自分でも不思議なくらいだった。哲学者の姿をしたソクラテスと語り合ったのは夢だったのか現実だったのか、市村早苗の行方がわからず、ソクラテスに助けを求めたとき、心の中で響いた声はソクラテスの声だったのか、それとも、賢人の錯覚に過ぎなかったのか、今となっては本当のことはわからないが、ソクラテスと触れ合うことで賢人が助けられたことだけは確かだ。

賢人は右手にバケツを持っている。そのバケツには、ソクラテスが好きだったエビや貝が入っている。ソクラテスを海に帰すとき、靴箱に一緒にいれてやるつもりで自宅から持ってきたのだ。

「このあたりだったね」

賢人が足を止める。右手に子牛ほどの大きさの岩場がある。そこに、ソクラテスがいたのだ。

「うん、そうだったわね」

久子は砂場に靴箱を置くと、サンダルを脱ぎ、ズボンの裾をめくり上げる。賢人も同じように裸足になる。

「行こうか」

久子が靴箱を持ち上げ、海に入っていく。

賢人はバケツを手にして、その後からついていく。

海水が久子の膝の上あたりまで達すると、

「このあたりでいいかな」

久子が靴箱を海に浮かべる。

「ちょっと待って」

賢人がバケツからエビや貝を手に取って、靴箱の中に入れる。

靴箱には底の方にいくつも穴を開けてある。自然に沈んでいくように工夫したのだ。ずっと浮かんでいると浜辺に押し戻されるかもしれないと危惧したからだ。

「ソクラテス、ありがとう。短い間だったけど、本当にありがとう。幸せだったよ。あなたも幸せだったら嬉しいな」

そう言って、久子が靴箱を沖の方に押し遣る。

「ソクラテス……」

名前を呼んで、賢人は声が詰まる。思いがけず涙が出てきた。

二人が見つめているうちに、靴箱は波に揺られながら少しずつ沈んでいき、やがて、見えなくなった。

ちょうど太陽が昇ってきて、海面を明るく照らし出したところだ。キラキラと光り輝く水面を見つめながら、久子は手で口許を押さえながら、ソクラテス、さようなら、と小さくつぶやく。

「もう行こう」

「うん」

久子と賢人が向きを変え、浜辺に戻っていく。

と、不意に久子が足を止める。

「どうしたの？」

怪訝な顔で賢人が久子を見る。

「あ、あれ……」

「ん？」

賢人が岩場に顔を向ける。

その途端、あっ、と声を上げそうになる。

小さなタコがいる。

「まさかと思うけど……ソクラテスの子供？　それとも、兄弟？」

久子は声が上擦っている。

「可能性はゼロではないだろうけど、限りなくゼロに近いと思うよ」

「プラトン」

「え？」

「だって、ソクラテスの子供なら、やっぱり、名前は、プラトンがいいんじゃないかな」

久子が笑いながら、岩場に近付いていく。

そのタコは警戒する様子もなく、大きな黒い目で、じっと久子を見つめている。

富樫倫太郎

1961年、北海道生まれ。98年に第４回歴史群像大賞を受賞した『修羅の跫』でデビュー。「SRO 警視庁広域捜査専任特別調査室」「生活安全課０係」「スカーフェイス」など多くの警察小説シリーズで人気を博す。そのほか、「陰陽寮」シリーズなどの伝奇小説、「軍配者」「北条早雲」「土方歳三」シリーズなどの時代・歴史小説と、幅広いジャンルで活躍している。

捜《そう》査《さ》一《いっ》課《か》OB《オービー》

――ぼくの愛《あい》したオクトパス

2021年５月25日　初版発行

著　者　富樫《とがし》倫《りん》太郎《たろう》

発行者　松田陽三

発行所　中央公論新社

〒100-8152　東京都千代田区大手町1-7-1
電話　販売 03-5299-1730　編集 03-5299-1740
URL http://www.chuko.co.jp/

ＤＴＰ　嵐下英治
印　刷　大日本印刷
製　本　小泉製本

Published by CHUOKORON-SHINSHA, INC.
Printed in Japan　ISBN978-4-12-005434-1 C0093

定価はカバーに表示してあります。落丁本・乱丁本はお手数ですが小社販売部宛お送り下さい。送料小社負担にてお取り替えいたします。

富樫倫太郎の本

SRO I 警視庁広域捜査専任特別調査室

七名の小所帯に、警視長以下キャリアが五名。管轄を越えた花形部署のはずが——。警察組織の盲点を衝く、連続殺人犯を追え！　新時代の警察小説の登場。

〈中公文庫〉

SRO II 死の天使

強く死を願う患者の前に現れ、その願いを叶えてくれるという「死の天使」の噂。解雇された看護師からの投書を調べるうちに、SROは奇妙なことに気づく。書き下ろし長篇。

〈中公文庫〉

SRO III キラークィーン

逮捕されて五十数日。依然として黙秘を続ける房子のもとへ、「Mに従え」とだけ書かれた差出人不明の手紙が届く。SRO対最凶の殺人犯、因縁の対決再び！　書き下ろし長篇。

〈中公文庫〉

SRO Ⅳ 黒い羊

SROに初めての協力要請が届く。自らの家族四人を殺害して医療少年院に収容され、六年後に退院した少年が行方不明になったというのだが――。書き下ろし長篇。

〈中公文庫〉

SRO Ⅴ ボディーファーム

最凶の連続殺人犯が再び覚醒。残虐な殺人を繰り返し、日本中を恐怖に陥れる。焦った警視庁上層部は、SROの副室長を囮に逮捕を目指すのだが――。書き下ろし長篇。

〈中公文庫〉

SRO Ⅵ 四重人格

不可解な連続殺人事件が発生。傷を負ったメンバーが再結集し、常識を覆す新たなシリアルキラーに立ち向かう。人気警察小説、待望のシリーズ第六弾！

〈中公文庫〉

SRO episode0 房子という女

残虐な殺人を繰り返し、SROを翻弄し続けるシリアルキラー・近藤房子。その生い立ちとこれまでが、ついに明かされる。その過去は、あまりにも衝撃的！

〈中公文庫〉

SRO Ⅶ ブラックナイト

東京拘置所特別病棟に入院している近藤房子が動き出す。担当看護師を殺人鬼へと調教し、ある指令を出した。そのターゲットとは——。大人気シリーズ第七弾！

〈中公文庫〉

SRO Ⅷ 名前のない馬たち

相次ぐ乗馬クラブオーナーの死。事件性なしとされるも、どの現場でも人間と同時に必ず馬が一頭逝っている事実に、SRO室長・山根新九郎は不審を抱く。

〈中公文庫〉

北条早雲　1　青雲飛翔篇

一代にして伊豆・相模を領する大名にのし上がる風雲児の、知られざる物語が幕を開ける！　備中での幼少期から、幕府の役人となり駿河での密命を果すまで。

〈中公文庫〉

北条早雲　2　悪人覚醒篇

再び紛糾する今川家の家督問題を解決するため、後の「北条早雲」こと伊勢新九郎は、駿河への下向を決意する。型破りな戦国大名の原点がここに！

〈中公文庫〉

北条早雲　3　相模侵攻篇

この世の地獄を減らすため、相模と武蔵も自分が支配するべきではないか――僧になった〝悪党〟が、途方もない夢に向かい、小田原城奪取に動く緊迫の展開！

〈中公文庫〉

北条早雲 4 明鏡止水篇

宿敵・足利茶々丸との血みどろの最終戦と悲願の伊豆統一、再びの小田原城攻め……己の理想のため鬼と化した男にもはや安息はない。屍が導く関東への道！

〈中公文庫〉

北条早雲 5 疾風怒濤篇

相模統一に足踏みする伊勢宗瑞が、苦悩の末に選んだ最終手段。三浦氏との凄惨な決戦は、極悪人にして名君の悲願を叶えるか。人気シリーズ、ついに完結！

〈中公文庫〉

北条氏康 二世継承篇

偉大なる祖父・早雲、その志を継いだ父・氏綱。関東制覇という北条一族の悲願を背負う三代目は、いかなる道をゆくのか。信玄・謙信との死闘に彩られた生涯を描き出す新シリーズ第一弾！

〈単行本〉